明日も会社にいかなくちゃ

こざわたまこ

双葉文庫

目次

明日も会社にいかなくちゃ

走れ、中間管理職

「ていうか、ウッチー滑舌悪すぎじゃない？」

沙也《さや》はそう言って、使い終わったフォークを空のパスタ皿に投げ入れた。昼時の店内は忙《せわ》しなく、多少の行儀の悪さは誰に咎められることもない。

沙也が頼んだのは、店の名物でもある日替わりのワンコインランチセット。今日のメインは牛挽肉のボロネーゼで、サラダに食後のコーヒーか紅茶がついて税込み五百円だ。駅ビルにテナントを構えるチェーン店に比べて、比較的安い価格帯でランチを提供しているこの店は、個人経営ながらこの界隈で働く会社員の間では密かに人気を集めている。

「え、あれ完全に噛んでたよね？　私の聞き間違いじゃないよね。優紀《ゆうき》も気づいたでしょ？」

そうだったっけ、と首を捻りながら、優紀は自分の皿へと目を向けた。お昼ぐらいは、と奮発して頼んだ単品のサーモンクリームパスタ。他に比べて割高だったにもかかわらず、なかなか食が進まない。

「えーっ、絶対噛んでたよ。『それが大きな、大きな間違いだっちゃ！』って。お前はラムちゃんか、って突っ込みそうになっちゃったもん」

「何それ、今の内野《うちの》課長？」

突如披露された沙也の物真似に、思わず噴き出してしまう。

「後さ、説教中にわけわかんない喩えするの、やめて欲しい。喩え言いたすぎて、前後の流れ無視してんじゃん」

「確かに」

でしょでしょ、と声を弾ませ、沙也は運ばれて来たアイスコーヒーにクリームとガムシロップを流し入れた。

「優紀、よく黙って聞いてられるよね。私だったら耐えらんない。今日だって笑い堪えるのに必死だったし」

「それ、沙也が特殊なんだよ」

「優紀は真面目だからなあ。私、人が怒ってる時、意外と冷静になっちゃうタイプなんだよね。あー、この人鼻毛出てるなー、とか考えちゃって全然話に集中できないの」

「あ、でもそれ、なんとなくわかるかも」

「でしょー？　だからさ、今度からそうしなよ。はいはい、って適当に受け流して、最後に『課長、鼻毛出てますよ』って言ってやりゃあいいんだよ。今回のことだって、優紀が悪いわけじゃないんだし」

今日は、出社して早々内野課長につかまってしまった。総務課で発行したＦＡＸ複合機の請求書に不備が見つかり、営業課を巻き込んだ騒動に発展したためだ。

落ち込んでいる優紀を気遣ってか、終始沙也の口調は明るかった。こうしてランチに誘ってくれたのも、沙也なりの慰めなのだろう。口は悪いが情に厚い同僚の優しさは、何よりタイミングがいい。ありがと、と返すと照れたのか、沙也は「ほんと、真面目すぎ」と言って目をそらした。

『ねえねえ、この会社の制服ダサくない？　スカートの長さとか、ヤバいでしょ』

入社直後、人見知りな性格が災いして同期の輪に入れずにいた優紀に、最初に話しかけてきてくれたのは沙也だった。新社会人として不慣れな生活を送る中、懐かしい学生ノリを残した沙也の空気に、ほっとしたのを覚えている。

「とにかくさ、あんまり一人で抱え込まないでよ？」

なおも心配顔の沙也に、「大丈夫、大丈夫」と親指を立てて見せる。

「いつも愚痴らせてもらってるし。ほんと、感謝してます」

「数少ない同期ですから。愚痴くらい、いつでも聞くし」

まあ、私と優紀じゃ立場が違うんだけどね。沙也はそう言って、ぺろりと舌を出した。

「やっぱ、役職者って大変？」

即答できず、「まあ役職って言っても、いわゆる中間管理職だしね」と答えを濁す。

「ポジション的には、課長の方がきついんじゃないかな」

「えー、そうかなあ。総務課の課長って、他の部署と違ってノルマもないし、仕事なんて精々施設管理か業者対応ぐらいでしょ」

そうでもないよ、と苦笑いで返す。

「総務も結構大変だよ。えーと、ほら、クレーム対応とか」

その言葉に、沙也は、ないない、と首を振った。

「それだって、優紀に振るか営業に振るかの人任せじゃん。優紀がいない時、大変なんだから。なんだかんだ理由つけて、全然電話に出ようとしないの。話がこじれたらこじれたで、なんでもっと早い段階で替わらないんだ、とか言ってさあ、ほんっと、ムカつく」

吐き捨てるような台詞とともに、乾いた笑みをこぼす。

「あんなの絶対出世しないよ。てか、そろそろ降格もいいとこじゃない？　来年あたり、岸《きし》さんと立場逆転してたりして」

沙也が口にしたのは、総務課のひとつ上の階に存在する、営業課のボスの名前だった。

「ウッチーが岸さんに当たり強いのって、要は出世競争に負けた僻《ひが》みなんでしょ？」

岸さんは、社内でも縮小傾向にあった事務機器の販売事業において、エリアでトップの営業成績を収めたやり手の営業マンだ。四十歳にして、近々正式に課長から部長職への昇進、ゆくゆくは本店への栄転が囁かれている。

それに引き換え、我らがボス・ウッチーこと内野課長は、玉突き人事で割を食い、五十目前にして本社から地方の事業所に転属させられたいわゆる「負け組」の人間だった。

「岸さんが上司ならよかったのに。うちら、もうすぐ三十だよ？　一回くらいオフィスラブしたーい」

沙也はそう言って、唇を尖らせた。

「岸さん、既婚だよ」

「知ってるよー。そこは略奪っしょ。でこそのオフィスラブっしょ」

「すればいいじゃん。ウッチーと」

「ちょっと、勘弁してよ」

顔を見合わせ、ケラケラと笑い合う。お世辞にも品があるとは言えないが、沙也のこういった物言いに救われているのも事実だ。

「ほんと、つらいよね。連休でもないとやってられない」

ほんとだね、と調子を合わせる。続けて空いた妙な間に、あ、まずい、と思った時には、沙也が「そうだ」と声を上げていた。

「ねえねえ、あれって話進んだ？」

あれ、とは沙也が常々主張している「計画的有休消化」のことだ。自由に有休が取れないのなら、せめて会社側が有休を消化することに積極的な姿勢を持って欲しい、というのが沙也の言い分だった。

総務課では、急病や家族の介護といったやむを得ない事情の場合のみ、有休の取得を認める、という暗黙の了解がある。

当然、こういった風潮は法律上黒に等しく、最近では社員から不満の声が上がることも少なくない。沙也もその内の一人だ。

沙也には、新人の頃に三ヶ月連続で「友人の結婚式」と称し、有休申請書を提出した過去がある。その内の二回が仏滅だったことは、今でも総務課の語り草だ。

「……ごめん。最近バタバタしてて」

「そっかあ。でも、みんなも言ってたからさ。この部署休み少ないよねって」

思わず、みんなって、と顔を上げる。その勢いに気圧《けお》されてか、「それは忘れちゃったけど……」と尻すぼみな答えが返って来た。

「優紀には言いづらいんじゃないかな、忙しそうだし」

「ごめんね、今度時間作って話してみるから」

そうは言ってみたものの、これからの段取りを考えると気が重くなる。実は一度、沙也にせっつかれて課長に相談してみたことがある。けれど、「他部署との釣り合いが取れない」という正当性があるのかないのかわからない理由で却下されてしまった。それをもう一度蒸し返して、というのは気が引ける。

その気持ちが伝わったのだろうか、沙也はしょげたような声で、「こっちこそごめんね、仕事増やしちゃって」とつぶやいた。

「全然。有休が自由に取れるようになったら、みんな喜ぶだろうし」

するると沙也は眉をひそめ、うーん、と首を捻った。

「そもそも、喜ぶ、ってこと自体おかしいと思うんだよね、労働者の権利なわけだから。日本は遅れてるよ。欧米にはバカンスっていう文化があるじゃん。だから、ヨーロッパの人にお盆が夏休みだって言うと驚かれるんだって。それは夏休みとは言わないって」

へえ、そうなんだ、と浅い相槌を繰り返しながら、フォークを動かす。冷めたパスタは、白いソースの上にサーモンの油がピンク色の水玉模様を作り出していた。

実のところ、優紀自身は有休には頓着していなかった。

頻繁に長期休暇が取りたいわけでも、年間の休暇日数に不満を持っているわけでもない。それどころか、ブラック企業のニュースの類を耳にすると、自分は恵まれている方じゃないかとすら思ってしまう。

という理屈は、沙也には理解しがたいらしい。

沙也がイタリアのバカンス事情について語り出したと同時に、財布から千円札を取り出した。

「沙也、ごめん。私やっぱり先に戻るね。メール全部見ちゃいたいし、調べる事もあるし」

ええ、と顔をしかめ、沙也は言いづらそうに口を開いた。

「それ、かおりに任せれば？　歓迎会の店探しなんて、課長補佐の仕事じゃないって」

半ば予想していた台詞に、違う違う、と首を振る。

「ほんと、全然別件。昨日休みもらっちゃったから、メール溜まってて。それに、かおりも結構探してくれてるし」

言いながら、昨日かおりから送られてきたお店のラインナップを思い浮かべた。どれも、学生がサークルの飲み会で使うような安酒場のチェーン店だった。

優紀達が勤める吉丸《よしまる》事務機株式会社では、毎年この時期に営業課と総務課合同の新人歓迎会が開かれる。店の手配や出し物の準備など担当が割り振られ、それぞれの部署数名の若手社員が幹事を務めるのだ。

今年もその習わしに従い、総務課からは入社二年目のかおりを推薦した。かおりには他に同期がおらず、会場探しには優紀がサポートにつくことが決まった。しかし、手始めに自分で店を数軒見繕うように、という指示を出してから音沙汰はなく、予め設けた期限ギリギリで返ってきたのが昨日のＬＩＮＥだった。

引き下がる様子のない沙也に、うちらが選ぶといつも同じような店になっちゃうしね、と言い訳のように付け足す。

「心配してくれてありがと。私もあんまり口出ししすぎないよう気をつける」

沙也は納得のいっていない顔で、「いや、口出しっていうか」と続けた。

「優紀、ちょっと優しすぎだって。歓迎会だけじゃなくて、ウッチーの呼び出し。あれ、元はといえばかおりのミスでしょ？」

ズバリ指摘され、言葉に詰まってしまう。沙也の言う通り今朝大目玉を食らったのは、遡れば一週間前、かおりが作成した請求書に金額の誤りがあったことが原因だった。

「しかも、その報告がメールってどういうことよ。優紀が休みだって知っててさあ。本当なら、昨日の内に自分でウッチーに報告すべきじゃない？　そしたらウッチーだって、ああいう怒り方はしなかっただろうし」

内野課長は、一人を生贄にして周囲にアピールする、というお説教スタイルが好きだ。しかも、話しているうちに感情が乗ってきてしまうのか、どんどん声が大きくなる。三流役者みたいに突然大声を出したりするから、そばで聞いていて心臓に悪い。本人に威厳がないのが、唯一の救いだ。嘘か本当か、若い頃は俳優を目指していたらしい。

今回の件について、先方への連絡は済んだものの、その内の一社とは話がこじれ、今では契約を切る・切らないの騒ぎにまで発展してしまっている。今まであった納品ミスや契約時のトラブルが掘り返され、クレームをエスカレートさせているらしい。

優紀はそれを、出社するなりメールで知った。読み終わると同時に課長に手招きされ、午前のほとんどはお説教という名の内野劇場で潰れてしまった。事の発端であるかおりからの直接の報告は、まだない。

「後さ、かおりって金曜に休み取りすぎじゃない？」

沙也が言っているのは、土曜出勤の社員のために設けられた振休制度のことだった。優紀達の事業所は隔週で土曜日も営業しており、出勤した社員には振替休日が割り当てられる。基本は本人の希望制だが、週末や祝日の前後に休みを充てると連休にすることもできるので、金曜は希望が集中しやすい。

「ほぼ毎月三連休取ってんじゃん。周りに悪いとか思わないのかな」

なおもかおりへの不満を連ねて沙也をなだめすかし、お金を置いてどうにか店を飛び出した。ドアをくぐり抜け、いちばん最初に目に飛び込んで来た真っ青な空は、連なったビルに切り取られ、普段よりも窮屈そうに見えた。頬に吹き付ける風は、ほんのり冬の寒さが残っている。

駅近の立地も人気の理由のひとつである先程の店は、逆に駅から少し離れた場所にある優紀達の会社の人間の利用率は低い。何かと被りがちなランチの時間には重宝していた。

国内有数の操車場跡地であるこの地区は、戦後すぐに工業地帯として発展したものの、それが衰退して以降は緑化が進み、最近では駅前の再開発が目覚ましい。

ガード下には、トタン屋根が申し訳程度に付けられた老舗のおでん屋。隣には、どうやって経営を成り立たせているのかわからない、これまた年季の入った金物屋。その前を通り過ぎて開けた道路を歩いて行くと、通り沿いにはチェーン店のドラッグストアやコンビニ、大型スーパーや百円ショップが並んでいる。その先に、唐突に現れた公園を抜けて少しすると、煤《すす》けたクリーム色の五階建ての建物が見えてくる。それが、優紀達の職場だ。

総務課の課長って、他の部署と違ってノルマもないし、仕事なんて精々施設管理か業者対応ぐらいでしょ。

歩を進めながら、沙也の台詞を思い返す。それを言うなら、優紀の就いている「課長補佐」という役職もまた、同じようなものだ。

『中間《なかま》、お前課長補佐としてどう思う？　今の状況』

『今回のミスだけじゃなくてさ、課全体の話をしてんのよ、俺は。雰囲気変わったと思わないか？』

『なーんかたるんでるんだよなあ、最近』

課長の演技がかった声が蘇り、口の中に苦い唾液の味が広がった。

『なにも、寺島《てらしま》ちゃんになれって言ってるんじゃないんだからさ』

最後の一言は聞こえなかった振りをして踵《きびす》を返すと、沙也を含め同僚達は素知らぬ顔で仕事を続けていた。自分の席に着いた瞬間、事務室のドアが開く音が聞こえた。

顔を向けると、トイレ休憩から戻って来たらしいかおりが姿を現した。一瞬だけ、視線がかち合ったような気がした。どういう顔を作ろうか迷っている内に、かおりはごく自然に体の向きを変え、自分の席に腰を下ろした。目をそらされた、と思うのは被害妄想だろうか。

悶々とする考えをふき飛ばすように、道路の途中で走り出した。けれど、数十メートルも行かない内に足がもたつき、間もなく立ち止まる。ユニフォームを着てグラウンドを走り回っていたのは、もう十年以上前の話だ。

息を整えながら、ふと視線を落とした先に、黒いパンプスが映った。新しくおろしたばかりのはずのそれは、早くもつま先が剝がれ始めていた。これと似た光景を、知っている気がする。少し考えて、それが陸上部時代、タイムが伸びない時によく見ていた自分のランニングシューズだということに気づいた。

早めに昼休憩を切り上げ、職場に戻った後は通常業務をこなした。溜まっていたメールを片づけ、それが終わると請求書をチェックして、見積書を作り、領収書を整理していく。その間に外線電話が鳴れば取り、電話に出ながら商品の出庫管理システムを確認する。

管理職と言っても、仕事内容は一般職のそれとなんら変わりない。普段自分が役職者だと実感するのは、備品購入の申請書に責任者印を求められた時ぐらいだ。

通常の勤務時間を過ぎてからも資料作成を続け、気づいた時には事務室に残っている人間は優紀の他に、清掃員の老人ぐらいしかいなくなっていた。

結局終業まで、かおりに声を掛けられることはなかった。期待していなかった、と言ったら嘘になる。昼休憩の後や課長が離席したタイミングで、かおりが自分の元に駆け寄り、「申し訳ありませんでした」と頭を下げてくれることを。

「いつもありがとうございます」

帰り支度の途中、モップ掛けをしている老人に声を掛けると、無表情ながら帽子の鍔《つば》を上げ、「今日もおつかれさまです」と軽く会釈をしてくれた。名前も知らない清掃員のその一言で、今日一日の疲れが少しばかり癒された。

ビル一階の階段横には、四畳ほどの空間にロッカーと内線用の電話が備え付けられた、こぢんまりとした女子更衣室がある。更衣室のドアを開いてすぐ、ロッカーの扉に小さな買い物袋がぶら下がっていることに気づいた。

中を覗くと、コンビニで買って来たらしい小分けのチョコレートやグミに交じって、カラフルなメッセージカードが現れた。

本日は、申し訳ありませんでした。

そんな書き出しで始まり、課長に報告までしてもらいすみません、直接謝らなければならなかったのに、声を掛けられず反省しています。今後はこういったことのないよう、気をつけます。便箋はびっしりと埋められ、最後は、「真咲《まさき》かおり」の署名で締めくくられていた。

本当は、そこまで読まなくてもかおりだとわかっていた。ちまちまとした申し訳なさそうな字面は、会社でよく目にしている。

意外に字、上手くないんだな。

そんなことを思ったのは確か、会社に届いたお歳暮の、お礼状の手配を指示した時だろうか。

いかにも若い女の子が書くような丸文字だろう、と予想していたから、少し驚いた。そのギャップが可笑しくて、でも、嫌な感じはしなかった。お世辞にも綺麗とは言い難いが、一生懸命丁寧に書こうとしているのが伝わってくる。そんな字だったからだ。

カードにはあの時と同じ、下手なりに気持ちを伝えようとするかおりの姿があった。

メッセージを縁取るのは、不気味かわいいでお馴染みのゆるキャラ、メンフクロウの「ふくたろう」のイラストだ。

『かおり、会社でゆるキャラの付箋とか使ってるんだよ。それ、どう思う?』

少し前に、沙也がそう訴えてきたことがある。あの時は遠回しに朝礼で、私物といえど社会人にふさわしい持ち物を心掛けましょうとかなんとか、そんな講話をしてお茶を濁した。

迷った末、スマホを手に取り、メッセージを打ち始める。

歓迎会のお店の件で。お菓子ありがとう。今日のことだけどさ。

しばらくの間、送りかけてはやっぱり削除、を繰り返す。迷った末、ええいままよ、と送信すると、液晶画面に緑色の吹き出しがぴょこんと姿を現した。

「ふくたろう、好きなの？」

メッセージには、すぐに既読のマークが付いた。


真咲かおりは、いわゆる「女子ウケが悪い」タイプの人間だった。

『なんか、今までにいなかった感じだね』

一昨年の春、朝礼の席で新入社員の挨拶の時間が設けられた時、沙也がこっそり耳打ちしてきた。

『おじさんが好きそうな顔っていうの？』

思わず沙也を見返すと、沙也は『やだやだ、なんかこういうのお局様っぽい』と言って、肩をすくめて見せた。ふざけ半分ではあったけど、その言葉には剝き出しの刃のような悪意が潜んでいた。

かおりの採用を決めたのは、内野課長らしい。課内では、周囲の反対を課長が独断で押し切った、というまことしやかな噂が流れている。しかし、沙也があああいう態度をとったのには、他にも理由があるような気がした。

垂れ目を見開き、ぽってりとした唇を必死に動かして、たどたどしい挨拶を披露するかおりは、いかにも新社会人然としていた。ただ一点、丸く形の良い爪には、淡いピンクパールのマニキュアが塗られている。マニキュアについてのルールは、就業規則に書いてあっただろうか。

そんなことを考えながら、もう一度かおりの手元に目を遣ると、さっきまで体の前で組んでいた指先がもぞもぞと、不安げに制服のベストの裾をつかんでいた。それが、彼女が緊張状態にある時、とりわけ自分のミスを報告してくる時の癖であることを、ほどなくして知った。

「中間さん?」

その声に顔を上げると、かおりが店員から受け取ったらしい料理皿を手に、心配そうな顔でこちらを見つめていた。

「ごめん、ごめん。ぼーっとしちゃってた」

笑いながら、運ばれて来たバゲットに、美味しそう、と齧《かじ》り付く。焼きたてのそれを二人で、熱い、熱い、と言いながらあっという間に平らげた。

「この店、けっこう雰囲気いいね」

和洋折衷の創作居酒屋であるこの店は、食事も美味しいし、お酒の種類も多い。何より、かっちりした門構えのせいで学生は入りにくいのか、年齢層が高く、落ち着いた空気が流れているのが良かった。

その言葉に、かおりは改めて周囲を見回し、控え目に頷いた。そして、ぽつりとつぶやく。

「すみません。結局お店、調べてもらっちゃって」

躊躇《ためら》うような間を置いて、「書類の件も」と付け加える。先日トラブルに発展した金額誤りの件は、かおりだけではなく総務課の課題でもあった。

そこで優紀は、今まで作成者と会社印の押印欄しかなかった箇所に確認者の欄を増やし、ダブルチェック制にすることを決めた。一日に発行する書類の量は少なくないので、一部の社員からは面倒という声も上がったが、なんとかその意見を押し切り、今週から運用を始めている。

「なんか、周りの手間増やしちゃったんじゃないかなって」

そう言って肩を落とすかおりに、慌ててフォローを入れる。

「一手間でミスがなくなるなら、それはもう手間じゃなくて必要な仕事だし。今回の件がなくても、いつかはやってたと思うよ」

しかし、かおりの表情はなおも曇ったままだ。

「それにここも、個人的に気になってた店だから。ありがとね、付き合ってもらっちゃって」

これで歓迎会の場所も決められたら一石二鳥じゃない？　そう言って親指を立てると、ようやく安心したのか、かおりは自分のグラスに口を付け、にこりと笑った。

この店は、本当は優紀が今まで幹事を務めた時に、候補に挙げていた店のひとつだ。しかし、それは言わないでおく。

あの後、かおりとはＬＩＮＥや社内メールでやり取りを重ねるようになった。歓迎会の準備という名目で、お昼を一緒に取って打ち合わせしたり、こうして候補の店を下見に来ることもある。

かおりには、一緒に飲みに行くような仲の同僚は他にいないようだった。

『会社の人と二人きりで飲みに行くの、初めてです』

優紀が食事に誘った時、そう言って喜んでいた。しつこいくらいに「すみません」と「ありがとうございます」を繰り返す姿を見て、素直だなと思う反面、こういう所なんだろうな、と思ったのを覚えている。

「これ、この前話してたやつです」

一通りの食事を終え、デザートを待っているタイミングで、かおりが鞄から一枚のチラシを取り出した。

「セッションＪＡＭ　定期演奏会」

背景にギターやキーボードの写真が刷られたカラーのチラシには、そんな文字がでかでかと印字されていた。

出演者の一覧には、かおりの名前も連ねられている。すごいすごい、と声を上げると、かおりは顔を真っ赤にして、「全然、すごくないです」と首を振った。

かおりが社会人向けの軽音サークルに在籍している、と聞いたのは、二回目のランチに誘った時だ。

『来月、金曜にお休みいただきたいんですけど』

そんな相談を持ちかけられ、理由を聞いてみると、おずおずと打ち明けられた。小学校の頃からピアノ教室に通い、音大は断念したものの大学に入ってからは軽音サークルに所属していたのだという。週末はいつもスタジオに入って練習しているそうで、定期演奏会に参加する時は、準備も兼ねて連休が欲しいのだそうだ。

それを聞いて優紀は久しぶりに、陸上部時代のことを思い出した。中学の陸上部で優紀に敵う人間はおらず、地区の大会でもよく上位入賞を果たしていた。その頃は、プロのアスリートとしての将来や、オリンピックへの出場だって夢ではない、と本気で信じていたのだ。

しかし、高校生になると状況は一変した。陸上の強豪校で有名だったその高校には、県外から通うほどの猛者《もさ》も大勢いた。彼らの実力を目の当たりにして、優紀は自分が井の中の蛙であることを知った。徐々にタイムの伸びは悪くなり、部活自体を休みがちになった。結局は、一年の三学期を待たずして、退部届を提出することを決めた。

それから、競技としての陸上はきっぱり辞めた。実家の靴箱にしまいこんだランニングシューズは、社会人になってからは引っ張り出すこともない。

苦い思い出が蘇り、かおりに音楽でプロを目指そうとは思わなかったのか聞いてみたところ、即答で『私レベルじゃ無理です』と返された。

『でも、音楽は好きなので。我ながら、未練がましいんですけど』

そう答えたかおりは、言葉の割にどこか清々しい顔をしていた。

『私、丁度その日休みなんだ。良かったら、交代しようか？　他の人に言いにくかったら、まず私に相談してもらえれば出来る限り調整するから』

そんな言葉が口を衝《つ》いて出たのは、沙也のしかめ面を思い出したから、というだけではなかった。

社会人になった今でも、てらいなく「音楽が好き」と言えるかおりが、眩しく思えたからだ。自分には出来なかったことだから。応援したい、と思った。かおりは戸惑いながらも、その申し出を受け入れてくれた。

それからというもの、少しずつかおりのことを知る機会が増えた。

例えば最近、例のゆるキャラ「ふくたろう」にはまっていること。ふくたろうは、コンビニチェーン店と提携しており、商品に付いているシールを集めて応募すると、非売品のぬいぐるみや食器が抽選で当たる。それを聞いて、優紀もシール集めに協力することにした。

軽音サークルには、大学生の頃から付き合っている彼氏がいること。その彼氏とは半同棲中で、まだ結婚の話は出ていないこと。

代わりに、沙也との間には若干の距離が生まれてしまっている。単純に、ランチや仕事帰りの時間を一緒に過ごさなくなったことだけが原因ではなく、かおりと親睦を深めつつある今の状況を、沙也は快く思っていない様子だ。

かおりは、定期演奏会にいつか優紀を招待したい、とも言ってくれた。社交辞令かもしれないが、嬉しかった。普段、職場ではプライベートの話をしないかおりが、自身のテリトリーに自分を招き入れてくれたように思えた。

『かおりって、私生活謎すぎるんだけど』

そんな言葉を漏らしていた沙也への、優越感もあったかもしれない。

「いつか聴いてみたいなあ。かおりの演奏」

そうつぶやくと、かおりは一杯目のグラスをテーブルに置き、私も聴いてもらいたいです、中間さんに、と笑みをこぼした。

店を出る直前まで、自分も払うと粘っていたかおりの申し出を撥ねのけ、一人で会計を済ませた。

「でも、この前もおごってもらっちゃったし」

かおりが眉を八の字に歪める。もともと垂れ目垂れ眉なこともあり、ほとんど泣き顔に近い。「おじさんが好きそうな顔」という沙也の台詞が蘇り、なんとなく苦い気持ちになった。かおりだって、好きでこの顔に生まれたわけじゃないだろうに。

「いいんだって。私も昔、先輩にしてもらったことだから。お返しみたいなもんだよ」

ぴんとこないのか、かおりは困り顔のまま、はあ、と息を漏らす。

「私がおごった分、かおりも後輩におごってあげてよ」

そう言って歩き出すと、かおりは合点がいったように、あ、と声を上げた。

「中間さんの先輩って、寺島さん、でしたっけ」

かおりの口からその名前が出て来たことに驚く。会ったことあるんだっけ、と返した声が、微かにうわずったような気がした。

「いえ、私は。でも昔、ロッカーにネームプレートが貼ってあって」

それを聞いて、はたと気づく。かおりが今使っているロッカーは、元々はあの人のものだった。

「温井《ぬくい》さんが教えてくれたんです。中間さんの前の課長補佐だって」

「あ、沙也から聞いたんだ。そうそう、私と沙也が入社した時、丁度管理職になったのかな。美人だし優しいし、ほんと憧れの先輩って感じ」

思わず口にした「憧れ」という言葉は、嘘ではないはずなのに、どうしてか舌先が痺れた。へえ、お会いしてみたかったです、と相槌を打っていたかおりがふいに立ち止まり、でも、と口にした。

「中間さんの方がすごいです。だって、その寺島さんっていう人より、ずっと早く管理職になってるじゃないですか。私、憧れてます」

初めから用意していた台詞のようだった。

――何、急に真面目になって。お世辞言ったって何も出ないよ。

この場にふさわしいはずの、いくつかの台詞が頭に浮かんだ。どうにか今の状況を笑い飛ばそうとして、けれど、上手くできなかった。代わりに、そんなことないよ、と返す。

「私なんて、寺島さんの足元にも及ばないんだ」

黙り込んだ優紀を、かおりは不思議そうな顔で見つめていた。

かおりとは、駅で別れた。飲み会帰りのサラリーマンで溢れる電車に揺られながら、かおりの言葉を反芻していると、ふいに涙腺が緩んだ。

中間さんの方がすごい。

本当は、ずっと誰かにそう言ってもらいたかった。そう思うと同時に、どうしてさっき、かおりに「ありがとう」を伝えられなかったんだろうと気づいて、ひどく後悔した。

寺島都《みやこ》は、優紀の前任者であり、優紀が新人だった頃の直属の教育係でもあった。

『優紀って、私の妹に似てる』

年の離れた妹がいるという都は、優紀をとても可愛がってくれた。年こそ十近く離れていたものの、気が合い、仕事外でも一緒に出掛けたり、自宅に招かれて手料理を振舞われたりもした。商社勤めだという旦那さんと挨拶を交わしたこともある。

入社二年目に、優紀がダイレクトメールの停止処理を怠り、それが原因で顧客と揉めたことがあった。その時も、助けてくれたのは都だった。トラブルが収束した後、優紀は改めて都に頭を下げた。自分の不注意が原因だったことを謝罪すると、都は怒るでもなく、静かに優紀を諭した。

『もちろん、ミスはミスで良くないことなんだけど』

今回のいちばんの問題点ってなんだと思う。そう問われて言葉を詰まらせると、都は、

『優紀、最初自分のミスだってこと誤魔化そうとしたでしょう』

と言って優紀の顔を見つめた。それは図星で、自身の処理漏れに気づいてから報告までは、迷いもあってすぐにとはいかなかった。それが結果的には、対応の遅れにつながってしまったのだ。

『新人はミスするのが仕事っていうけどさ。二年目からはミスの取り返し方を覚えるのが仕事だし、先輩の仕事はその方法を教えることだから。だから、ちゃんと相談してよ』

涙声で、すみません、と返すと、都はふっと息を漏らした。

『信用されてないみたいで、さみしいじゃん』

その言葉に顔を上げると、この状況にはそぐわない柔らかな笑みがそこにあった。

『私達、年もこれだけ違うし、仕事だからプライベートみたいにはいかないだろうけど。でも優紀のこと、出来る限り助けたいって思ってるから』

優紀は、妹みたいなもんなんだから。その言葉に、胸がいっぱいになった。改めて都を尊敬したし、自分も後輩にとってこんな先輩でありたいと思った。

それから四年が経った。優紀にも数人の後輩ができ、業務のリーダーを務めることや、教育係に任命されることが増えて、仕事にも自信がついてきた頃のことだ。

『寺島さん、辞めるって聞いた？』

更衣室に入るや否や、沙也はそう切り出した。

『なんか、ウッチーが寺島さんの退職届持ってたんだって』

『旦那さんが海外に転勤するらしいよ』

『寺島さんもいい年だしね。前に子ども欲しいとか言ってたし。実際はそれが理由かも』

初めて聞くことばかりで、しばらくの間、ショックを表に出さないようにすることで精一杯だった。都は課内での人望はもちろん、他部署への顔も広い。役職にしろ、抱えている業務量にしろ、代わりが利かない人材だ。辞めてしまったら、一体誰がこの課を取りまとめていくのか。

『優紀、知らないの？　個人的に相談されてるかと思った。いちばん仲良いじゃん』

その言葉に、ぎこちない笑みを貼り付けながら、まあ、仲良いって言っても仕事だし。プライベートみたいにはいかないよ、といつかの都の台詞をそのまま口にした。

『寺島さん、会社辞めるんですか？』

それからしばらくして、都にランチに誘われた。例のパスタ屋で、席に着いて開口一番そう尋ねると、都は困ったような笑みを浮かべて黙り込んだ。それが肯定の返事であることは、明らかだった。

『本当は、自分の口から伝えたかったんだけど』

都はそう言って、弱々しい笑みを浮かべた。

『優紀にだけ、話しておくね』

そんな枕詞とともに、都は妊娠を告げた。驚きはなく、想定していたいくつかの状況のひとつが現実になった、という感覚だった。

『旦那の転勤っていうのは本当。アメリカって言ったたって、田舎の方なんだけど。もう家も決めたんだ。何もないとこだけど、旅行で来ることがあったら、泊まりに来てよ』

そうは言いながらも、実現の可能性が限りなく低いことを、都もわかっていたのだろう。すっかり伸びつつあるパスタにフォークを突き刺し、都は優紀から視線をそらした。

二人の間に、再び沈黙が訪れた。次の瞬間、優紀の口を衝いて出たのは、おめでとうございます、という何の感情も伴っていない社交辞令だった。

祝福を告げたはずなのに、都はしばらくして、ごめんね、と返した。ありがとう、ではなく。何と答えていいかわからず、優紀はしばらくしてから、そろそろ出ましょうか、とだけ口にした。

しばらくして、都の妊娠と退社が正式に発表された。六年近く管理職を務めた都の退職に戸惑いが広がる中、都の後任には優紀が任命された。覚悟はしていたが、お世辞にも抜擢とは言えないことを、自分自身がよく理解していた。優紀より上の代の社員の産休や、異動が重なった結果だった。

優紀と都、二人の関係に微妙な変化が訪れるのに長くは掛からなかった。業務上の報告で声を掛けた時や、打ち合わせで隣り合った時。都に目をそらされることが増えた。

都は、自分のミスを誤魔化そうとしている。

そう思った。それは、いつかの自分の姿を見ているようでもあった。

優紀の昇進が決まってすぐ、都と更衣室で鉢合わせしたことがある。その頃にはすでに、顔を向き合わせて会話をするような機会は極端に減っていた。

先に沈黙を破ったのは、都だ。

『これから色々大変だと思うけど』

優紀なら絶対大丈夫だから。私はそう信じてるから。だから、自信持ってね。

都の言葉は、びっくりするくらい胸に響かなかった。はい、頑張ります。今まで本当にありがとうございました。その台詞は、すんなり言えたと思う。

都は、じゃあお先に、と更衣室を出ようとして、ドアを閉める直前、ふと立ち止まった。忘れ物ですか、と声を掛けようとしたところで、都が先に口を開いた。

『本当につらくなったら、無理しないで。優紀だって、辞めたい時に辞めていいんだからね』

それに上手く笑い返せていたかはわからない。都が更衣室を去ってから、しばらくの間ロッカーの前で立ち尽くした。優紀を思い遣って言ってくれたであろうその台詞が、いちばん言われたくない一言だった、ということに後から気づいた。

辞めたい時に辞めていい、なんて。

無理しないで、なんて。

そんなこと、出来るはずがない。あなたが辞めるこの状況で、言い出せるはずがないじゃないか。無理しないわけには、いかないじゃないか。

けれど、その言葉を都にぶつけるわけにはいかなかった。都のためではない。それは多分、自分のためだった。自分の中にひとかけら分だけ残る、ささやかな、あまりにささやかな矜持《きょうじ》を守るためだった。

その日を最後に、都と優紀が二人きりで言葉を交わすことはなかった。


沙也から呼び出しを受けたのは、めでたく歓迎会の店も決まり、かおりが発端となったトラブルも解決に向かい出している、そんな頃合いだった。

「贔屓《ひいき》だって噂になってるの、知ってる？」

昔、都の退職を告げた時と同じ調子で、沙也は言った。食後のホットコーヒーを啜り、熱い、と顔をしかめる。いい天気が続いていたのに、ここ一週間空はぐずついたままで、今日は朝から小雨が降り続いている。

贔屓って、とつぶやくと、沙也はぶっきらぼうな口調で、「かおりのこと」と言い捨てた。

「中間さん、最近かおりに甘くないですか、って。私、なんて返せばいいのかわかんなかったよ」

唇を歪めた沙也の顔は、笑っているはずなのにぞっとするほど冷たい。

「なんか、けっこう休みとか代わってあげてるんでしょ？」

けっこうと言っても、一回だけだ。しかし言い返す間もなく、沙也は「特定の部下を特別扱いするって、どうなのかな」と続けた。

「管理職の人がそれやっちゃうと、みんな言いづらいじゃん」

みんなって誰、という言葉は呑み込んだ。名前を出されたところで、それが本当かはわからない。「みんな」や「噂」といった、周囲の意思を代弁するような言葉を盾に何かを主張するのは、沙也の得意とするところだった。

意を決して、ごめんね、と口に出すと、沙也はぴくりと眉を上げた。

「みんなを誤解させるような態度を取っちゃったのは、私にも責任があると思う」

それを聞いて身を乗り出しかけた沙也を、でも、と制する。

「私、かおりを特別扱いしたつもりはないよ。休みの交代は、かおりじゃなくてもしただろうし。誰に相談されても、自分の出来る範囲で協力するつもり」

反論されるとは思っていなかったのか、沙也はしばらくの間、ぽかんとした顔で優紀を見つめていた。外の雨が降り止む気配はなく、勢いを増すばかりだ。沙也は我に返ったように、休みのことだけじゃなくて、と続けた。

「請求書のこととか。かおり一人のためにあそこまでする？　ダブルチェックは必要だと思うけど、今まではなくてもやって来れてたわけだし」

「そうかもしれないけど。でも書類の件は、かおりのためってわけじゃなくて。現に、今までもミスはあったじゃん。だから、かおりのことはいいきっかけになったたって思ってる」

こう言えば、沙也が強く出られないことはわかっていた。

例のトラブルの発端はかおりだ。しかし、ここまでの騒動になったのには理由がある。もう一年以上前のことだが、あの顧客と契約を結ぶ際に見積書を発行した段階で沙也もまた、同じようなミスを犯しているのだ。単純な桁の入力誤りだったが、当時は先方に連絡を取ったり謝罪したりと、かなり振り回された記憶がある。

結局その件が掘り返されクレームに発展しているのだから、沙也に責任の一端がないとは言えない。

『優紀、本当にごめん。今度から気をつけるね』

ひと段落した頃、沙也が涙交じりに頭を下げてきたことを、忘れたとは言わせない。沙也が今回のことで必要以上にかおりを責めるのはきっと、あの時のことを覚えているからだ。結局は、罪悪感の裏返しなのではないか。

「気に障ること言ったらごめん。でも、沙也のそういうのって、言葉は悪いけど同族嫌悪みたいなものなんじゃないかな」

沙也は眉をひそめ、どういう意味、と聞き返した。

「沙也も結構、有休取りたいとか言ってたじゃん」

「だからそれは、私だけじゃなくて」

そうかもしれないけど、と返した声は、意に反してきつい口調になった。沙也が、怯んだように口を噤《つぐ》む。

「そんな、怒んないでよ」

弱々しい訴えに、怒ってるわけじゃないよ、と平静を装う。その実、気持ちは全く逆だった。ああ、今自分はとても怒っているのだな、とどこか他人事のように思う。一方で頭は妙に冴えていて、戸惑う沙也を前に「あんたは『人が怒ってる時、意外と冷静になっちゃうタイプ』なんじゃないの？」なんて考えている自分もいた。

「かおりも自分と同じだって考えられない？　好きな時に休みを取りたいのは、みんな一緒なんだし」

沙也はこちらを見つめたまま、何も言わなかった。薄い唇が、微かに震えている。一瞬、落ち込んでいた時にランチに行こうと肩を叩いてくれた、沙也の顔が浮かんだ。入社してすぐの頃、制服のスカートをつまみながら口を尖らせていた、渋面も。少しの躊躇を挟んで、しかしそれを打ち消すように、口を開く。

「沙也、自分の好き嫌いで判断してないかな。かおりだからって、色メガネで見ようとしてない？」

するとと沙也はしばらくして、私だって、とつぶやいた。

「私だって、かおりが自分で相談しに来てくれれば、協力くらいしたよ。それをさせないで自分で解決しちゃったのは、優紀が私に言ったってしょうがないって思ったからでしょ？　それこそ、色メガネじゃん」

その言葉に、虚を衝かれた。続けて、いつかの自分の台詞を思い出す。

『他の人に言いにくかったら、まず私に相談してもらえれば出来る限り調整するから』

あの時自分は、「言いにくい人」として、いのいちばんに沙也を思い浮かべていたのではないか。

「……あの子、職場でちょっと浮いちゃってるじゃん。だから、言いづらいんだよ」

苦し紛れの返答に、沙也はたじろぐことなく、「かおりが浮いてるのって、かおり自身にも原因があるんじゃないの」と返した。

「それって優紀にも責任あると思う」

そう言って、じっと優紀の目を見つめる。

「ねえ、優紀。優紀はかおりに、他の人にも相談してみなよって言うべきだったんじゃないの？　ちゃんとコミュニケーション取って、自分の言葉で相手を説得してみなよって。自分が休み代わってあげるんじゃなくてさ」

優紀のやってることは、先回りして甘やかしてるだけだよ。かおりのためにもならないじゃん。切々と訴えかけるような沙也の言葉は、けれどなかなか頭に入ってこない。

「なんかそういうやり方、寺島さんにそっくりだなって」

沙也は、都とは馬が合わなかった。勝気な性格の沙也を、都が遠ざけていた節もある。だから都が食事に誘ったり、家へ招待したりするのは、いつも優紀だけだった。それを、沙也がどう思っていたのかはわからない。

「後輩の面倒見がいいのは、良いことだけど。全部が全部、寺島さんの真似する必要なくない？　優紀には優紀のやり方があるんだし」

いつだったか、似たような台詞を誰かに言われた気がした。でも、それが誰の言葉なのかは、思い出せない。


「今月で二回目だからさ。作成者も同じだし。さすがにちょっと、考えた方がいいかな。他部署の俺が言うのもなんだけど」

電話越しの岸さんの声は、いかにも「仕事の出来る人」らしい。感情の高ぶりや湿り気を一切滲ませず、てきぱきとした口調で用件のみを伝えていく。

申し訳ありませんでした、と頭を下げて、電話を切る。受話器を置いた瞬間、無意識にため息を吐いていた。営業課からの内線は、先週発行した請求書に再び誤りがあった、という報告だった。

前回程の騒動にはなっていないようだが、確実に今月末の管理職会議の話題には上るだろう。それまでに、改善策を考えて報告書を作成しなくてはならない。その前に、内野課長への報告だ。課長は今日、午後出勤の予定だった。出勤してからのことを考えると、気が重い。

まず、現物を確認しなくては。発行書類の控を探そうと立ち上がると、お昼休みを取っていたかおりが、ちょうど戻って来た所だった。目が合うと、かおり自らこちらに向かって来る。

「中間さん」

仕事の話じゃないんですけどいいですか、と切り出されて、かおりの頭越しに、キーボードを叩く沙也の横顔が目に入った。

あれから、沙也とはろくに口もきいていない。仕事中も、あからさまに会話が減った。こういう状態になった時、まず優紀が折れる、というのが二人の間のセオリーだったが、今回ばかりはそうしたくなかった。

しかし、優紀が今まで気兼ねなく頼み事や書類の確認を依頼していた相手は沙也で、そういう人間との関係に不和が生じてしまうのは、この上なくやりにくい。どうしたものか、考えても答えは出なかった。

「ごめん、それより先にいいかな」

きっと沙也は、この会話に耳をそばだてているに違いなかった。変に勘繰られるようなことは言いたくない。あ、はい、と答えたかおりが、居ずまいを正す。

「先週、福田《ふくだ》工業さんに請求書発送してくれたと思うんだけど」

かおりは覚えがないのか、きょとんとした顔をしている。

「今度は、金額の計算に誤りがあったんだって。さっき、営業課から内線があって」

かおりから返って来たのは、はあ、と、はい、の境目のような返事で、いまいち要領を得ない。多少の苛つきを感じながらも、話を続けた。

「今回の件は、そこまでひどいクレームになってるわけじゃないみたいだし、営業課の方でケリをつけてくれるって」

話しながら、どうしてもかおりの後ろにいる沙也の顔が目に入ってしまう。どう思われているのか、気になって仕方がなかった。話の進め方によっては、また甘やかしてる、なんて思われてしまうのかもしれない。

「それでね、仕事のやり方をもう一回考え直して欲しいの。短い期間で二回ってのは、ちょっとね。ない、かな」

そこまで言って、ダブルチェックを行った人間も確認しなければならないな、と思う。かおりもそれに思い当たったのか、あの、と声を上げる。その瞬間、沙也がこちらを一瞥したのがわかり、慌てて遮った。

「あの確認者欄って、作成者が楽するために作ったわけじゃないのね。言葉、厳しいかもしれないけど。ダブルチェックありきで仕事してたら、いつかはミスしちゃうから。今回みたいに」

言えば言うほど、わからなくなる。どこまで言えば、「特別扱い」に見えなくなるのだろう。少し言い過ぎただろうか。これでも、まだ足りないのだろうか。

ずっと薄い反応を見せていたかおりが、ついに何も言わなくなってしまった。その表情は暗い。長い沈黙の後、ようやく口を開いた。

「私じゃありません」

その返答に、思わず声を失う。予想もしていなかった答えだった。

「作成者欄に真咲って押印されてるんだって。私もまだ書類は見てないけど、営業さんがそう言ってるわけだから」

「でも私、そんな請求書作った覚えないですし」

人に意見することに慣れていないのだろう、声が震えている。言い切ると、すぐに俯いてしまった。なんと答えていいのかわからず、黙り込む。

沙也はもちろん、事務室にいる全員が事の成り行きを見守っているのがわかった。こんな時、都ならどうするだろう。あんな別れ方をしたのに、今頭に浮かぶのは、都の笑顔や、辛い思いをしている時に掛けてくれたやさしい言葉ばかりだ。それをひとつずつ思い出し、なんとか声を絞り出す。

「もっと、私達のこと、信用してくれないかな」

その言葉に弾かれるようにして、かおりが顔を上げた。

「もちろんミスはいけないことだけど。でも、二年目からはミスの取り返し方を覚えるのが仕事だから。だから正直に話して、相談して欲しいんだ、ちゃんと。そしたら、出来る限り助けたいし。それが、私達の仕事だと思ってるから」

かおりはしばらくの間、こちらを見つめていた。青ざめた顔で。何度かもぞもぞと唇が開きかけたものの、待っても何も出て来ず、ふいにかおりの瞳から光が消えるのがわかった。

「……わかりました」

ぺこりと頭を下げ、自分の席へ戻っていく。最後まで、謝罪の言葉は聞けなかった。それでも、届けばいいなと思う。借り物の言葉かもしれない、それでも。自分が都から受け取ったように。

ふう、と息を漏らし、顔を上げると、沙也がこちらを見ていた。何を考えているのかは、その表情からは読み取れない。声を掛けようか迷って、でもそれより先に、沙也は自分の仕事へと戻っていった。

昼食に行きそびれていたことを思い出し、席を離れる。先週の雨を引きずってか、晴れてはいるものの、まだ肌寒い気候が続いていた。コートを取ろうと更衣室へと足を向ける。自分のロッカーに近付き、そこに見覚えのある光景が広がっていることに気づいた。

ロッカーには、コンビニの買い物袋がぶら下がっていた。ある程度重みのある小さな箱が入っている。便箋も一緒だ。震える手で、封筒の口を開けた。

「やっと当たりました！　ご協力ありがとうございました。ペアだったので、ひとつ受け取ってもらえると嬉しいです。以前、中間さんも好きだと言っていたので……。いつものお礼です。これからもよろしくお願いします」

見覚えのある、ちっとも綺麗ではない字。ちまちまとした、申し訳なさそうな文字。箱を開けると、そこに入っていたのはマグカップだった。

真ん中には、目だけがやけに大きく、ふてくされた表情の、フクロウのイラストがプリントされていた。仕事の話じゃないんですけど、いいですか。珍しく笑顔でこちらに向かって歩いて来た、かおりの顔が浮かんだ。

急いで事務室へと戻る。かおりを探すも席にはおらず、代わりに内野課長の姿があった。かおりは、体調不良を理由に早退したという。もやもやしたものを感じながらも、お昼休みは中断して、請求書の現物を確認しよう、とファイルを取り出した。

問題の請求書の控を見つけ出し、押印欄に目を遣って、あ、と声が出た。合わせて、いくつかの場面と共に、先週の記憶が呼び起こされる。ページを開いたまま固まっていると、中間さん、と後輩に声を掛けられた。慌ててファイルを閉じ、強張った頰に無理やり笑顔を貼り付け、顔を上げた。

それから一週間、かおりは会社を休み続けた。課長宛に連絡が入っているらしいが、欠勤の理由ははっきりしない。と言っても、原因が先日のいざこざにあることは明らかだった。覚悟を決めて請求書の件を報告すると、課長は驚くほどすんなりそれを受け入れた。一旦預かるから、と言われて、そのまま音沙汰がなくなってしまっている。

その日、優紀は休み明けで出社して早々百件近く溜まったメールと格闘していた。

「ショックを受けるかもしれないけど、聞いてくれな」

始業前、会議室に優紀を呼び出した課長は、そんな切り出し方でかおりから退職願が出ていることを告げた。

「あくまで、真咲側の言い分だから」

そう断りを入れて、課長はひどく言いづらそうに「かおりの主張」を代弁した。

一方的に歓迎会の幹事に指名されて、提案した店を全て却下された。

行きたくもない飲みを強制されることもあった。

プライベートのことを根掘り葉掘り聞かれるのも嫌だった。

覚えのないミスをなすり付けられた。今までどうにか我慢してきたけど、もう耐えられないと思った。

自分は書類に押印しただけで、ミスのあった書類を作成したのは、中間さんだ。

自分の言い分は全く受け入れられず、事実を説明しようとしても無視された。

中間さんは嘘を吐いている。

事実はあるかと聞かれて、すぐに答えが出なかった。幹事に指名したのは、それが会社の慣例だったからだ。たしかに、かおりの意見を却下したのかもしれない。でも、より良いお店を提案したつもりだった。飲みに誘いもした。「行きたくもない飲み」だったのかはわからない。プライベートのことを聞いた。嫌だったなら、どうして演奏会に誘ってくれたのだろう。

嘘を吐いている、とかおりは言ったらしい。自分は嘘を吐いたのだろうか。あれは、嘘だったのだろうか。私はまた、自分のミスを誤魔化そうとしているのだろうか。

例の請求書を見つけた時、作成者の欄にはやはりかおりの印が、そして確認者の欄には自分の印が押されていた。それで思い出した。

先々週、見積書や請求書の作成依頼が立て込み、優紀も何通か作成を行ったこと。誤って、確認者の欄に押印してしまったこと。たまたま、その時手が空いていたのが沙也とかおりしかいなかったこと。沙也に声を掛けるのは気が咎めて、かおりを呼び出し作成者の方に押印してもらったこと。

そういうことは、今までにも何度かあった。その内の一回があの請求書だったのかは、覚えていない。

もちろん、かおりが作成した書類に、優紀が確認印を押したものもある。それが誤っていた可能性だってあった。あるいはそちらの方が真実で、かおりこそ自分に罪をなすりつけようとしているのではないか。でも、それを確かめる術はない。

どうしてあの時、素直に書類を印刷し直さなかったのだろう、という考えが頭をもたげる。書類を出し直して、作成者に自分、確認者にかおりの印を押していれば、こんなことにはならなかった。少なくともここで、私は真実を語っている、と胸を張って答えることができた。

その一手間すら惜しんだのは、ただ面倒だったからだろうか。プリンターが誰かに占領されていて、出し直す時間を待つのが億劫《おっくう》だったから？　それとも、沙也に見せつけたかったから？　沙也ではなく、かおりに頼み事をする自分の姿を。

「急に言われたって混乱するよな。ちょっと時間おいて、また話聞かせてもらえるか？」

時計を見た課長が、一旦出るか、と立ち上がる。のろのろと後を追うと、課長は急に足を止めた。こんなこと言うと語弊があるかもしれないけど。そう言って、咳払いを挟む。

「一人で思い詰め過ぎないように。真面目ってのも、考えもんだぞ。変な話、管理職やってたら一回はあるんだ、こういうこと。あんまり大きい声じゃ言えないけど、俺だって」

その言葉に顔を上げると、長く勤めてればそういうこともある、と苦笑いした。

「どっちの肩を持つ、って話じゃないぞ。自分にそのつもりがなくても、相手がこんな酷いことされましたって思ってるなら、そういう受け取られ方しちゃったんだろうしな。ええとあれだ、隣のぶどうは甘い、あれ、酸っぱいだっけな？　まあ、そういうことだな」

最後の喩えは、やっぱりよくわからなかった。でも、前後の流れは無視していなかった、と思う。ありがとうございます、と頭を下げると、課長は、いい、いい、と手を振った。

「まあ、お前はもう立派な管理職なわけだから。乗り越えて行けよ」

そして踵を返し、会議室のドアを開けた。優紀もそれに続く。出る直前に部屋を見回し、そう言えば、昇進を告げられたのもこの部屋で、課長と二人きりだったな、ということを思い出した。課長はさっきと同じように、一度咳払いを挟んでから、プレッシャーもあるだろうけど、と言った。

『中間には中間のやり方がある。自分らしい管理職を目指してくれよな』

課長に断りを入れ、更衣室に立ち寄った。津波のように押し寄せるたくさんのクエスチョンマークに、何度か深呼吸して、揺らいだ感情を立て直した。

更衣室を出ようとした瞬間、ロッカーからＬＩＮＥの通知音が聞こえた。何通か一遍に届いているのか、ピロン、ピロロン、という間抜けな音が途切れない。マナーモードにし忘れていたらしい。慌てて止めようとして、直前で踏みとどまる。

通知の相手が、かおりであるような気がした。迷った末、こわごわスマホを手に取り、画面に目を遣る。しかし、そこに表示されていたのは振替休日を取得しているはずの、沙也の名前だった。

仕事中にごめん。

長い長いメッセージは、そんな一言から始まっていた。

「昨日優紀が休み取ってる時、かおりから電話あった。内容はわかんないけど、ウッチーからその件で、今日話あるかも。黙っておこうかと思ったけど、色々考え出したら止まらなくなったから、一応伝えとく」

「この前のこと、もっかい会って話したい。ていうか、ムカついた、まじで。優紀そんなこと思ってたんだって初めて知ったし、ショックだった。後、ムカついた」

「でも、やっぱごめんとも思った（これ、会ったら言おうと思ってたのに！）。なんで私が謝んなきゃいけないのかよくわかんないけど、とにかくそう思ったから」

「やっぱり、優紀の顔見て話したい、ちゃんと。顔見たら言いたいことも変わるかもしんないし。とりあえず、以上。仕事、おつかれさま。一日頑張って」

こんな長文、一気に送れるはずがない。きっと、何度も何度も自分の打った文を読み返して、書き直しもしたんだろう。書類のダブルチェックですら面倒臭がる沙也が。その上で、「ムカついた」は二回入れたんだな、と思ったらなんだかおかしかった。

沙也は、思ったことを口に出さずにはいられない性格だった。言われたことがショックで、ムカついて、理由なんかわからないけどごめんとも思っていて、でも本当に言いたいことは会って、顔を見て話したい。沙也らしいな、と思う。

ふ、と笑いが漏れる。次の瞬間、涙がこぼれた。一度流れ出した涙は、なかなか止まらなかった。管理職になって、嫌なことがたくさんあった。怒られるのは嫌だった。他人の泥を被るのはまっぴらだった。沙也と喧嘩したくなかった。かおりにあんな風に思われたくなかった。都とあんな別れ方をしたくなかった。昇進なんて、したくなかった。

じゃあ自分は、何がしたいんだろう。かおりに、どう接したかったんだろう。どんな管理職に、どんな先輩になりたかったんだろう。考えても考えても、わからない。

再び、あの間抜けな音がした。画面を見ると、沙也からの新しいメッセージが届いていた。

「後、この前優紀が、かおりに言ってたやつ。あれ、寺島さんの言葉だよね。私も言われたことある。この人、たまには良いこと言うなって思った。寺島さんも、先輩に言われたんだって。私も今度、後輩に使おうかな。でもその時は、私が考えたって言うよ」

――同期の優しさは、本当にタイミングがいい。何度も何度もそのメッセージを読み返す。それから、どれだけの時間が経っただろう。画面から目を離して顔を上げると、涙はいつの間にか止まっていた。ふいに、ある衝動が胸を突き動かしていることに気づいた。

走りたい。

この場所から、走り去ってしまいたい。強く、そう思う。中学生の時みたいに。何も考えず、ただゴールを目指して。例えば今、この部屋から飛び出して。スマホも財布も鞄も、すべてを置いて。誰が追いかけてきても、きっとすぐに引き離せるだろう。もし途中で、運よくあの清掃員の老人に会えたら。あの人にだけは、挨拶をしてみようか。そこで初めて、名前を聞いてみるのもいいかもしれない。今さらなんだと不審がられてしまうかもしれないけど。

外に出たら公園を抜けて、チェーン店が立ち並ぶあの通りを一気に駆けていく。ドラッグストアやコンビニ、大型スーパーや百円ショップが、視界の端を通過して。潰れそうで潰れない金物屋とおでん屋が現れたら、駅はもうすぐだ。駅が目の前に現れたら、それがゴールだろうか、いやそれとも。

そこまで考えた所で、内線電話が鳴った。きっと、内野課長だ。わかっているのに、気づいた時には体が後退りを始めていた。回れ右してドアを開け、狭すぎるその場所で、小さくスタンディングスタートの姿勢を取る。

すると、慣れない姿勢に踵《かかと》の減ったパンプスが軋んで悲鳴を上げた。おろし立てのランニングシューズみたいに。そっと自分の胸に手を当てて、深呼吸を一度だけ。この胸の高鳴りはきっと、不安や緊張なんかじゃない。自分は今、スタートラインに立ったばかりなのだから。

電話は今も、けたたましい電子音とともにコールを繰り返している。途切れることなく鳴り続けるその音を背に、目をつぶって小さくつぶやいた。三、二、一。

よーい、どん。

スポットライト

鼓膜を切り裂くような目覚まし時計のアラーム音は、いつの朝も心臓に悪い。

内野努《つとむ》は、薄暗がりの部屋に大音量で鳴り響くそれを、布団の中から手探りで探し当て、二、三度叩いてどうにか止めることに成功した。

なんの気なしに頭を掻くと、ここ数年ですっかり薄くなった頭髪から、フケらしき物体がパラパラと舞い落ちた。妻の明美《あけみ》が見たら、大袈裟でなく奇声を発し、掃除機だモップだと発狂しかねない光景だ。

寝ぼけ眼《まなこ》で体を起こし、ベッドから這い出ようとした瞬間、全身にビリビリと電気が走るような痛みが駆け抜けた。生まれたての小鹿のような体勢でベッドから這い出て、壁伝いにふらふらと寝室を後にする。

内野は下戸で、酒が飲めない。若かりし頃、本社の営業課に配属されていた時は周囲に合わせてビールを呷るようなこともあったが、あわや急性アルコール中毒になりかけて以来、周囲の人間もさほど勧めてこなくなった。

現在の部署に異動となってからは、いわゆる「二日酔いの朝」とは縁遠い生活を送っている。最近は、わけあって「筋肉痛の朝」の方が多いくらいだ。

洗面所に向かう途中、人の気配を感じてリビングに顔を出すと、明美が朝食を作っていた。ジュウジュウと油の弾ける音と、ベーコンの焼ける香ばしい匂いが漂ってくる。

「おはよう」

声を掛けると、明美はダイニングキッチンの向こう側から、はいはい、とおざなりに返事をした。

「早く着替えちゃってもらえる？　午後から雨が降るみたいだから、今の内に洗濯しちゃいたいんだけど」

「別にいいよ、まだ二回くらいしか着てないし。そんなに汚れてないだろ」

すると明美は眉をひそめ、冷蔵庫の扉を乱暴に閉めた。続けて、

「気づいてないだけで、首回りとか汚れてるの。後、においも」

とばっさり内野の主張を切り捨てた。その後は、こちらの反応には目もくれずベーコンエッグの焼き加減に集中している。フライパンを握る鋭いいかり肩からは、くだらないお喋りで私の邪魔をしないで、という殺気の交じったメッセージが伝わってきた。

一体いつから、自分が喋る産業廃棄物であるかのような扱いを受けるようになったのか。記憶を辿ってみても、これといったきっかけは見つからなかった。

たしかに、アラフォーどころかアラフィフに差し掛かろうとしている自分の体は、抜け毛やら皮脂やら、生きているだけで老廃物を排出するのに忙しい。

とはいえ、自分が一家の主であることに間違いはなく、家族三人が暮らしていけるだけの給料を家に納めているわけだから、もう少し敬意のようなものがあっても良いと思うのだが。それとも、世の夫、世の夫婦は、年を重ねれば誰しもこういう道筋を辿って

いくものなのだろうか。

　しかも、明美だけならまだしも最近では高校生になった娘の愛梨《あいり》まで、同じような態度を取ってくるようになった。

　この前会社から帰宅すると、珍しく愛梨がリビングでテレビを観ていたので、ふざけて「一緒に風呂入るか」と冗談を飛ばしてみたら、物凄い形相で睨まれた。内野の発言は娘に言わせると、

『セクハラなんですけど』

　ということらしい（その後娘はテレビを消し、猫のような俊敏さで自分の部屋へと走り去っていった）。家でも会社と似たようなことを言われると、どっと疲れてしまう。

　身支度を整えて顔を洗い、洗面所から戻ると、テーブルの上には三人分の朝食が用意されていた。

「お、また一段と美味そうだな。ありがとう」

　手を合わせて「いただきます」と呟き、箸を取る。今日の献立は、ベーコンエッグに昨晩の残りのなめこ汁、納豆に漬物にご飯、といういつも通りのラインナップだった。

　いただきますを言わなかった、という理由で妻が唐突にキレ始め、離婚を言い渡された、という同僚の話を聞いてからというもの、食事前に感謝の一言は欠かさないようにしている。

「……やっぱりこういう、当たり前に思えるようなことが幸せなんだよなあ」

これはちょっとわざとらしかったかもしれない。ちらりと明美の様子を窺ってみる。

しかし、いつものことだと思っているのか、台所の後片づけに忙しく、こちらを気に留めたような素振りはなかった。

ふいに、大学時代のワンシーンが頭に蘇った。

『内野君、演技がちょっとわざとらしいんだよなあ』

『もう少し自然にできないかな。芝居が大袈裟なんだよ、いちいち』

あの時はぶん殴ってやろうと思った演出家の顔も、馬鹿話や演技論を交わし合った狭く汚い下宿先も、今となっては微笑ましい思い出だ。その中には、今より若い明美の姿もあった。

急に、明美が手元から顔を上げた。後ろめたいことがあるわけではないが、心の内を読まれたような気持ちになり、内野はどぎまぎと顔を背けた。

「えっと、あれ、愛梨はどうしたんだっけ」

「いつももうちょっと遅いわよ」

丁度そんな会話をしているところで、リビングの扉が開いた。

「おはよう」

「……おはよ」

愛梨は一瞬、不意打ちを食らったような顔で内野を見つめ、向かいの席へと腰を下ろした。

年度が替わってからというもの残業が続き、愛梨と顔を合わせる機会は少なくなっていた。帰宅する頃にはすでに自分の部屋に引っこんでいるし、週末は合唱部の練習があるとかですれ違いになっている。

今年、内野の所属する総務課では二人立て続けに人が減った。結果、一人当たりの作業量が増え、一般職だけでは仕事が回らなくなってきている。不測の事態に備え、ここ二ヶ月は朝も早めに出社するよう心掛けていた。

十月以降は下期の増員があるという噂だが、それまでは在籍しているメンバーでいくつかのヤマを越えなければならない。賞与関係の書類やら、社会保険の算定基礎届の提出など、ぱっと思いつく業務だけでも気が重くなる。

先日、税務署絡みの仕事が一段落ついたため、ようやく今日から遅出することができる。早朝にトラブルが起きていないと良いのだが。

ふと気づけば、学生にとってはいつのまにやら衣替えの季節を迎えていたらしい。愛梨の制服は、紺色のブレザーから白を基調とした夏服へと変化していた。自分が学生の頃には見かけることのなかったブレザーの制服には、未だに目が慣れない。

「いただきます」

愛梨が手を合わせ、朝食を口に運び始めた。あまりじろじろ見ていると、またセクハラだなんだと言われかねない。内野は慌てて自分の茶碗を傾け、白飯の残りをかっこんだ。

思春期の、しかも女の子ともなれば、朝食を抜いたり偏食したり、洗濯物は分けろと文句をつけたりすることも珍しくないらしい。それに比べれば、これといった好き嫌いもなく、「いただきます」が言えるだけでも立派ではないか。自分にそう言い聞かせる。

「なんかさあ」

珍しく、愛梨が食事中に口を開いた。しかも、自分を見ている。そんなことは久しぶりで、どうした、と返した声は妙に弾んでしまった。

「あれ、ピコピコうるさいんだけど。ゆっくり寝てらんない」

あれ、というのは、朝方鳴っていた目覚まし時計のことらしかった。端《はな》から内野の返事など期待していないのか、愛梨は不機嫌そうにもちゃもちゃと口を動かしている。しかし、テーブルの上に置かれたご飯茶碗は、空になりつつあった。洗濯物も、分けろと言われたことはない。

……うん、立派だ。父親へのそっけない態度ぐらい、なんだというのだ。

「あー、いや。でも、あのくらいうるさくないと最近起きれなくてさ。お父さんも年ってことかな、ははは」

隣に座った妻から、「買い換えれば」と至極真っ当な突っ込みが飛んできたところで、耐えきれなくなりテレビを点けると、画面に現れたのは、NHKの朝ドラだった。

画面上では、なんとかという新人の女優が主人公らしく瑞々しい演技を披露していた。確か去年の夏、スポーツドリンクのCMに抜擢され、一躍有名になった。最近よく見る顔のはずなのに、名前は喉の手前でつかえている。

ここ最近、若い人の顔は区別がつかず、何回見てもよく覚えられない。いつだったか部下が、モデル出身の割に演技は上手いとかなんとか、偉そうに批評していた気がするのだが。

「あれだな、今の子はみんな同じような顔してるな。男も女も。ちょっと作りがバタ臭くないか？　時代劇ができるような役者はもう出てこないのかなあ」

しばらく考えてみても、女優の名前は思い出せそうになかった。愛梨に聞けば一発でわかるのだろうが、なんとなく気が咎める。

「昔は、格好良いっていうより渋い役者が多くてさ。渋いってのはあれだ、石田純一とかじゃないぞ。優作とか、ショーケンとか。後、黒澤映画に出てくる俳優とかな。まあ、愛梨は知らないか。男はみんな、ああいう人達に憧れてたんだ。これ言ったっけ？　お父さん、若い頃は役者を目指してたこともあったんだぞ」

家族の反応は薄い。ほとんど独白となったそれをほぼ一息で話しながら、大学時代もこんなに台詞もらえたことなかったなあ、とどこか他人事のように思う。

「って言っても、大学の演劇研究会に入ってたってだけなんだけど」

お母さんともそこで、と言いかけたところで、愛梨が立ち上がった。

「ごちそうさま」

あれ、もう食べないのか、と声を掛けようとすると、愛梨はこちらを振り返り、今の話、と口を開いた。

「一から十まで問題発言なんですけど。お父さん、それでよく管理職なんかやってるよね」

今の話が、問題発言？　一体、何が？　というか、どこが。意味がわからず口をぱくぱくさせていると、はあ、と大きなため息を吐かれた。あきれたようなその態度に、さすがに少しむっとしてしまう。おい、と声を上げかけた瞬間、思わず息を呑んだ。

「あ」

そこには、さっきの新人女優と台詞の応酬を続ける、主人公の父親役の俳優が映っていた。

「あ、コージ」

え、と聞き返す。すると愛梨は、いぶかし気な顔でもう一度、その名前を繰り返した。

「だから、コージ。竹中《たけなか》コージ。遅咲きの名脇役とかって言われてる人」

迷った末、人気なのかと聞いてみると、愛梨は、まあ、と答えた。

「去年、刑事ドラマで有名になったじゃん。ほら、あの鑑識官の役。なんか、今までもけっこう映画とかNHKのドラマの脇役とかで出てたんでしょ？　下積みが長くて、昔は劇団の主宰？　とかやってたんだって」

そこまで話したところで、愛梨は気まずそうに口を噤み、もう行かないと間に合わないから、と自分の茶碗を片づけ出した。

ドラマは今日の展開の佳境を迎えているとみえて、さっきまで言い争っていたはずの主人公と父親が、何やらコメディタッチのやり取りを繰り広げている。

その俳優は、昔ながらの頑固おやじのような振る舞いを見せながらも、細やかな表情の変化で、持前の演技力を遺憾なく発揮していた。確かに「名脇役」の名に相応しい。

画面の中にいるのは、間違いなく竹中光司《こうじ》その人だった。大学の同期で、同じ演劇研究会に所属していた、かつての仲間。

もちろん、あの頃とは随分様相が変わっている。しかし、昔より増えた皺も、逆に減った髪の毛も、見た者にマイナスな印象を与えるわけではなく、中年役者としての佇まいに説得力を持たせているように思えた。同じ老化でも、自分とは随分意味合いが異なる。

台所の蛇口から水が飛び出す音に、はっと我に返る。顔を上げると、明美はすでに朝食を食べ終え、洗い物を始めようとしていた。シンクに水を溜めていたらしい明美とふいに視線がかち合った。

さっきとは逆だった。明美が内野から目を逸らした。長く夫婦をしていれば、わかることもある。明美のその反応から、内野は妻が、同期の華やかな出世をすでに知っていたらしいことを悟った。


「はい、申し訳ございません。ええ、それはもう。ええと、あの、はい。ほっ、本当に申し訳ないと……、いえ、そんな。あの、そんな風には。はい。ええ、ですからあの、現在確認中でして。ええと、はい、も、申し訳ございません」

電話に出てから数十分、これといって変化のないフレーズを何十回と繰り返している。当然、会話は同じようなやり取りをループするばかりで、進展が見られない。電話口の相手は、内野が言葉を発すれば発するほど声を荒らげ、激昂するばかりだ。

一時間遅れで会社へ向かうと、出社するなり部下に呼び止められた。

『福田工業株式会社さんより、お電話です』

受話器を差し出して来た部下の表情から、嫌な予感はしていた。その会社との間には、先月、先々月と立て続けにクレームが発生している。春先に発行した請求書に不備があって以来、どうも目を付けられてしまっている様子だ。

福田社長は、こちらの対応に難癖をつけては商品の値段やサービスに融通を利かせろと迫ってくる、やっかいな顧客だ。今の電話も、「リース契約の更新をしたら、プリンターの機種が変わって使いづらい」「前の機種に戻せ」というような内容だった。

そもそも機種変更は、前回の契約終了時に社長自らの口から出た要望で、営業担当からも機器のスペックはよくよく説明しているはずだった。しかも、以前の型はメーカー側で既に廃盤になっており、うちではどうにもできない。

以上をやんわり、非常にやんわりと伝えたら、やんわりの甲斐もなく瞬く間に炎上してしまった。

「……あ、総務課の内野です。岸さんいる？　福田社長からクレ、いやいつものご意見なんだけど」

噛み気味の「申し訳ありません」を十回以上繰り返した後、どうにか営業課へ繋ぐことが出来た。岸はクレーム対応が上手いし、社長にも気に入られているので、これでなんとかなるだろう。

受話器を置いて、ふう、と顔を上げる。それとなくこちらの様子を窺っていた部下達が、こそこそと俯くのがわかった。ねっとりとこびりつくような視線が、電話を切った後もまだ、自分に向けられているような気がした。

目は口ほどにものを……、とはよく言ったものだが、自分にとって女性の視線ほど雄弁なものはないと思う。どうせ、「また営業課に振ってる」とでも思われているのだろう。

なんとでも言え。人には向き不向きというものがあり、自分は何より、クレーム対応が苦手なのだ。

本社時代から、後腐れなくクレームを収められた例しがない。下手に出ようが毅然とした態度で臨もうが、どうしたって相手の癇に障ってしまうらしい。どうにか克服しようとしていた時期もあったが、もう諦めた。傾聴なんてくそくらえ、だ。

『だからさあ、あんたじゃ話にならないの。岸さん出してよ、岸さん』

福田社長からのクレームは、いつもそんな一言でようやく締めに入る。なら最初から営業課に掛けてこいよ、俺をつかまえて三十分もグチグチ言うな。お前はどうせ、ストレス発散したいだけだろうが。頭の中で毒づいてみても、決して表には出せない。

ちなみに、クレーム、という言葉は社内でご法度となっている。なんでも、「長期的に見て会社の益になるようなお客様からのご指摘」は、クレームではなくご意見なんだそうだ。

「課長、ちょっといいですか？」

電話対応が終わった直後、声を掛けて来たのは部下の温井沙也だった。

「なんか、蛍光灯切れちゃったみたいなんですけど。事務室出てすぐのとこの」

ずっこけそうになった。そんなことも出来ないのか、と言いかけて、慌ててそれを飲み込む。発破をかけるつもりで三人目の離脱、となっては元も子もない。

「……わかった。すぐ行くから、ちょっと手伝ってくれるか？　俺、立科《たてしな》さんから脚立借りて来るから。蛍光灯新しいの、持って来てくれ」

沙也は面倒そうな表情を隠す素振りも見せず、はーい、と答えて事務室を出て行った。子どもじゃないんだから、「はーい」は止めなさい。やっぱりそれも、言わずにおいた。

これも愛梨の言うような、「セクハラ」に当たるのだろうか。いや、モラハラ？　パワハラか。ハラスメントも細分化が進み、犬も歩けばハラスメントに当たる時代だな、と苦笑いする。

総務課は、仕事柄もあり女性社員が多い。というよりも、今年の夏に定年を迎える古株の経理担当者以外には、内野の他に男性社員はいなかった。

彼女らは、蛍光灯が切れただの、事務室にゴキブリが出ただのいう時だけ自分を頼ってくる。普段の態度からは、尊敬の「そ」の字も感じられないのに。しかし、それを口に出そうものなら、女性陣からの集中砲火は免れず、きっと男らしくない、とか、仕事ができない、とか言われてしまうのだろう。男女にかかわらず、理不尽に怒鳴り散らされることが好きな奴はいないし、誰だってゴキブリは苦手なのに。

「はい、どうぞ」

清掃会社の控室を訪れ、ドアをノックすると、予想通りまだ中に人がいた。社内でいちばん大きな脚立はここに保管されているが、従業員は朝晩の交代制で人によってはこの時間すでに退社していることも多い。

「蛍光灯なら、私が換えましょうか？」

有難い申し出だったが丁重に断り、脚立のみを借りることにした。元々、ビルのメンテナンスは外部に委託している。以前は細々とした業務も任せていたのだが、数年前からコスト管理の観点で依頼する業務を絞るようになった。

立科さんはそういった状況の中、厚意で仕事を請け負ってくれる貴重な人材だ。彼に親しみを抱いてしまうのは、その実直な働きぶりに二十年以上前に亡くなった自分の父親の姿を重ねているからかもしれない。

十八で大学進学とともに家を出るまでは、男やもめの父親と二人暮らしをしていた。内野を産んで間もなく母親が亡くなり、それからというもの父親は男手ひとつで内野を育ててくれた。

定年後は、自宅にミニシアターを作るのが夢だ、と語っていたのに、丁度今の内野と同じ年齢ですい臓がんを患《わずら》い、あっさりこの世を去ってしまった。

大学卒業後は父親の伝手《つて》を頼り、知人の紹介でこの会社に就職することができた。長い間苦労をかけたのだから、これからは親孝行だ、と意気込んでいた、そんな矢先の出来事だった。

「持って来ましたぁ。なんか色々あって、よくわかんなくなっちゃって」

しばらく経ってから沙也が届けたそれは、これから換えようとしている蛍光灯とは型も長さも異なり、結局自分で持ってくることになった。これも仕事の内だぞ、お客相手だったらどうするんだ、という説教は例によって飲み込む。

脚立を沙也に支えてもらい、よいしょと足を掛ける。その瞬間、再び太ももの裏に痛みが走り、ふらついた。

「ちょっ、やだ、課長大丈夫ですか？」

大丈夫、大丈夫、と指でオーケーマークを作ってみせる。しかし、言ったそばから足が痛んだ。もしかしたら、ただの筋肉痛ではなくどこか筋をやってしまっているのかもしれない。昨晩の無理が後を引いているようだ。

「もしかして課長、あの練習で、ですか？」

沙也がおずおずと、探るような口調で尋ねた。ああ、と答えると、あれ本当にやるんですよね？　と追い打ちをかけてくる。

「そりゃそうだ。俺だって、嘘だったらどんなにいいか」

「……楽しみにしてます。頑張ってください」

沙也の口調には、含みがあるように思えた。しかし、深くは考えないようにして、ありがとう、とだけ答える。

「ていうか、温井が言い出しっぺだろ。……いや、元を辿れば岸だっけ？　まあ、どっちでもいいか。これで俺がスベりでもしたら、責任とってくれるんだろうな」

ふざけ半分でそう言った瞬間、真下にいる沙也が、顔色を変えるのがわかった。あ、まずい、と警報が鳴り、慌てて頭をフル回転させる。

「あ、えっと、あれだぞ。責任取れってのはその、言葉のあやというか。あやって言ってもあのう、人の名前じゃなくて。あやちゃーん、って違うか。沙也だよな、下の名前。あ、今のもその、違くて。えーっと、あの、セクハラ的なことを言いたいわけではなく」

脇から汗が噴き出すのがわかった。一から十まで問題発言。そう言われても、やっぱりよくわからない。自分の何が問題で、何が問題じゃないのか。あちこちに地雷が埋まった原っぱを、目隠しのまま走らされているような気分だった。古い蛍光灯が上手く外れず、手元でくるくると回っている。一人焦る内野をよそに、沙也は至って冷静だった。

「大丈夫ですよ」

その答えに、え、と下を向こうとすると、「早く換えちゃってください」と急かされた。

「私、セクハラとかパワハラで上司を訴えるつもりないし」

最後に付け加えられた、「かおりと違って」という言葉には、わざと聞こえないふりをした。黙っていると、そういうのって、どこで決まるんですかね、と沙也が呟いた。

「最近、よく考えるんですよ。私と優紀の、何が違ったんだろう、って。この前の飲み会だって、その場のノリでああいう流れになっちゃいましたけど。課長の気持ちとか、あんまり考えられてなかったなって。あれだって、立場が違えばハラスメントって言われてもおかしくないですよね」

『課長、今度の送別会でそれやってくださいよ、絶対ウケるから。ね、みんなも見たいよね』

先週の沙也の発言を思い出す。確かにあの強引な流れは、やる側とやられる側が逆転していたら、ハラスメントと言われてもおかしくない。……おかしくない、のか？　そもそも、ハラスメントと言われても、ってなんだろう。ハラスメントだ、と言われるから駄目なのか。そんな名前が付かなくても、相手が嫌がっていたら、それはしちゃいけないことなんじゃないのか。考え出すと、頭がこんがらがってくる。

「それで言ったら優紀より、私の方がよっぽどかおりのこと」

沙也はそこまで言って、再び黙り込んだ。

「……立場、じゃないか？」

「え？」

「お前と中間の違い。役職についてるか、ついてないか。それはやっぱり、でかいと思うけどな」

返答はない。沙也が自分の膝の辺りで、そんなのわかってますけど、という顔をしている気がした。

「俺と温井だって、そうだろ。一応、上司と部下なわけだから。温井にとっては同期でも、真咲にとって中間は、そういう存在だったわけで……」

喋っている内に、自分でも何が言いたいのかわからなくなってきた。と、その時。

「お……っと」

取り外した蛍光灯が、手のひらの汗で滑った。

「きゃっ」

沙也が咄嗟に、自分の頭を腕でかばう。すんでのところでキャッチして、すまんすまん、と腰をかがめた。

「もう～。ちゃんと持っててくださいよ」

そう言って、沙也が口を尖らせる。大事に至らなくてほっとした。沙也がぷりぷりと怒りながらも、新しい蛍光灯を渡してくる。ありがたくそれを受け取り、天井のソケットに嵌め込んだ。

「これでよし、と」

脚立の上に立っている自分と、脚立を支えている沙也。沙也は自分の部下で、自分は沙也の上司で。内野が今の立場にいる以上、二人の力関係がひっくり返ることはない。例えば、ここから蛍光灯を落としても、自分にはさほど実害はないはずだ。でも、沙也にとってはそうじゃない。上からぶつけられた言葉や行為は、それなりの重さをもって下の立場の人間に届く。ぶつけた本人にそんな気はなくても、だ。立場というのは、そういうものなのだと思う。

「えーと、だからまあ、なんだ。あの二人のことはだな、お前がそこまで気に病むようなことじゃないんじゃないか」

いまいち納得のいかない顔をしている沙也に向かって、ただし、と付け足す。

「飲み会のあれは、さすがの俺でも断りにくい空気ではあった、かな。……自分の後輩にはああいうこと、するなよ」

するなよ、はちょっと偉そうだったかもしれない。しかし、沙也は思いのほか、神妙な面持ちでそれを聞いていた。

「……はい」

こういう時は、はーい、じゃないんだな。そんなことを思う。自分でも知らない内に汗が引っ込み、なんとか蛍光灯の付け換えが終了した。一息ついて脚立から下りると、沙也が急に、

「新しい課長補佐は作らないんですか。優紀の次の」

と聞いてきた。

二ヶ月前に退職したのは、沙也の同期であり課長補佐の中間優紀だった。前述のかおり——真咲かおりとのトラブルが原因で、今年の春に急遽退職する運びとなった。かおりの方は現在休職扱いとしているが、今後どうなるかはわからない。復帰したとしても、きっと総務課には戻ってこないだろう。

「なんだお前、管理職やりたいのか」

すると沙也は、まさか、と声を上げて笑った。

「私、優紀が苦労してるの見てるんで。今管理職なんて絶対やりたくないです。元々やるつもりもなかったけど」

「……やっぱり、結構大変か。今の状態」

「まあ、単純に人が減ったんで。仕事も多くなったし、残業も増えたし」

でも、と呟いた沙也は、そこで逡巡するように口を噤んだ。どうした、と聞くと、

「これ、オフレコなんですけど」と声を潜める。

「正直、かおりも一緒に辞めた、っていうか、いなくなったんで。プラマイゼロって感じです。プラスがなくなったけど、マイナスもなくなったっていうか。あの子、ミス多かったし」

そうか、と答えると、沙也は直球で、「なんであんな子採用したんですか」と首を傾げた。

「あんな子ってことはないだろう」

苦笑いで返答を濁す。沙也も、ここで答えが聞けるとは思っていないらしい。あっさり引き下がると話題を変えて、「さっき私が言ったこと、絶対誰にも言わないでくださいね」と釘を刺してきた。

「とにかく、大変なのに変わりはないんで。ガス抜きの有休消化、お願いしまーす」

そう言って、ペコリと頭を下げる。だからそれは、と言いかけると、駄目駄目、と食い気味に否定された。

「他部署との釣り合いがどうこうって、全然言い訳になってませんから。これは、労働者の権利の問題です。早く管理職会議で議題に上げてください」

「権利って言ったってなあ」

「これ、優紀の唯一の心残りなんです。私がその意志を継いで、課長がいる内に絶対実現してもらいます」

だったら昇進して、お前が実現させた方が早いんじゃないか。そう思ったけど、あえて言わないでおいた。

沙也は、言いたいことを言いたいだけ言うとすっきりしたように、じゃあ戻ります、と踵を返した。ちゃっかり、後始末も脚立も内野に任せて。呆れつつも、不思議なことにそれほど腹は立たなかった。

正直、優紀が職場を去るまではこうも腹を割って話せる人間だとは思っていなかった。同期が会社を去り、モチベーションを下げるかもしれないと危惧していたものの、意外に落ち込んだ様子もなく、仕事に取り組んでいる。

脚立を返却し、事務室へと向かう途中、営業課の人間とすれ違った。丁度、岸が部下数人と昼休憩に出ようとしてるところだった。

「あ、お疲れ様です」

岸に続いて、部下達も一緒に頭を下げる。岸がいなければ挨拶もされていなかっただろうな、という卑屈な考えは、無理矢理頭から追いやった。

「あれ、何してるんですか」

「あ、ああ、ちょっと。蛍光灯切れちゃって」

岸は、本社時代に教育担当を受け持ったこともあるかつての部下だった。それがこんな形で再会することになろうとは。

「課長、お願いします、なんて言われちゃってさ。いやあ、うちの子達人使い荒くって」

聞かれてもいないのに、変な見栄を張ってしまう。岸は内野の発言にひっかかりを感じた様子もなく、そうですか、とだけ答えた。

ついさっきクレームを押し付けてしまったこともあり、今顔を合わせるのは気まずい。話題に出そうか迷っている内に、岸の方から「さっきの件なんですけど」と切り出された。

「対応、済んでますんで」

何を言われたとか、電話がどれだけ長引いたとか余計な報告はなく、その一言ですべて終わった。おそらく岸にとってはあのクレーム、もといご意見も、なんてことのない「業務」のひとつなんだろう。能力のある人間にとっての、些末な出来事。

「そうかそうか。営業さんはああいうの、得意分野でしょ。顧客との信頼関係もあるし」

こんなことは言いたくないのに、自然と棘のある言葉が口をついて出た。岸の周りにいる部下達が、むっとするのがわかった。

「総務なんて、所詮窓口だから。なんか、目ぇつけられちゃってさ。俺が出てもどうしようもなくて。それで、こういう時は岸さんかなと」

言いながら、自分で自分が情けなくなってくる。まだ、謝罪もお礼も口に出せていない。

「やっぱ恨まれてんのかね、俺。俺と福田社長、ほらなんだっけ、あれみたいなもんだから。えっと、蛇とマングース」

「ハブ」

「え?」

「ハブとマングース、ですよね」

冷静な口調で言い直され、耳たぶまで熱くなるのが自分でもわかった。同じようなもんじゃないかと思いつつも、仕方なく、ああ、それそれ、とこくこく頷く。

部下達が、俯いて笑っているのが目に入る。呆れたように腕を組み、この場を静観している者もいた。穴があったら入りたい、とはこのことか。

「……あ、お昼だよね、これから。ごめんごめん、俺も戻らないと」

そう言って、逃げ出すようにその場を去った。事務室のドアを開けようとして足を止めた瞬間、背中から、

「いいよなあ、蛍光灯換えるだけで給料入って来るなんて」

部下のひとりが、そうぼやくのが聞こえた。たいして本気で言っている風でもない、軽い口調で。その場の同調を一瞬得るためだけの、何気ない会話のフックとして。それが、いちばん傷ついた。

「おい、やめろよ」

部下を咎めたのは、他でもない岸の声だった。思わず後ろを振り返る。遠くで、憮然《ぶぜん》

とした表情を浮かべる岸の横顔が目に入った。部下はすぐに、すいません、としおらしく頭を下げていた。

次の瞬間、岸と目があった、ような気がした。岸はどうしてか、今にも泣き出しそうな顔で、こちらを見ていた。どうして怒らないんだ、あんたが怒れよ。そう言いたげな目で。

逆に、どうしてお前が怒るのか。自分は、そんな風に言われたって仕方のない人間なのに。

しかし、すぐに顔を背け、部下との会話に戻っていく。なんやかやと、部下の方から岸に話しかけているのがわかった。きっと、上司として信頼され、慕われているのだろう。自分とは違って。

やがて、その賑やかな背広の群れは遠ざかり、内野の視界から消えた。


『課長、演劇やってたんですよね。じゃあ、人前で踊るのとか得意じゃないですか?』

それは、とある飲み会での出来事だった。定年退職者の送別会を開くにあたり、打ち合わせと称して設けられたその会に、総務課からは内野と沙也が出席していた(沙也は、直前までぶーぶー文句を言っていたが)。

その席には、内野の同期や営業課の代表として岸も参加していた。企画会議と銘打たれてはいたものの、実質的な話し合いは早々に打ち切られ、昔話に花が咲いた。

『私、課長が飲んでるところ、見たことないです』

沙也の発言に、かつての仲間達が苦笑いで、「いやでも昔はさあ」と口を滑らせた。余計なこと言うな、と止める間もなく、開始直後からビールの杯を重ねていた岸が、

『内野しゃん、昔は結構ファンキーでしたよね。飲めないくしぇに一気とか、ドジョウしゅくいとか腹踊りとか、平気で、や、やってたし』

そう言って、内野の背中をばんばんと叩いた。そういえばこいつ、仕事はできるし頭も切れるが、ただ一点酒癖が悪かったんだ、ということをその時やっと思い出した。

覆水盆に返らず。それを聞いた沙也が目を輝かせ、課長の一発芸のコーナーを作ろうだの、寸劇を入れようだのと提案し、あれよあれよと言う間に、なぜか内野一人で某アイドルグループのコピーダンスを披露する、という場が設けられてしまった。

どうしてあの時、首を縦に振ったのだろう。断ることもできたはずだ。もちろんその場の雰囲気は悪くなっただろうが。しかし、毎晩会社に残り、スマホ片手に振付を確認して汗だくで踊り続け、次の朝筋肉痛に悩まされる、といった事態は避けられたはずだ。

本当は、少しだけ期待していたのだと思う。いつか憧れた、スポットライトの真下。舞台上でも一際輝くことのできるあの一角に。本物の「人気者」しかたどり着けない場所——そんな場所に、自分が立つことのできる未来を。

自分は本物の「人気者」にはなれない。そのことに気づいたのは、いつだろう。登下校の道すがら、周囲に求められるまま、道路の真ん中で死んだふりをしてトラックに轢かれかけた時だろうか。笑われ役に終始しているお笑い芸人の姿に、自分を重ね合わせた時だろうか。ともかく、自意識が芽生える頃にはすでに、自分はそれを知っていた。

だからこそ、最底辺のほんの少しだけ上の位置で、馬鹿をやったりふざけたりして生きていく。それが、自分が集団の中でつま先ほどの居場所を作るための、唯一の手段だった。

高校を卒業し、上京してまもなくのこと。新しい街にも大学の雰囲気にも馴染めずにいた頃、演劇研究会の部長だという男につかまった。その男に誘われるまま、部室へ足を踏み入れたことが内野の運命を変えた。

竹中光司との出会いも、その場所だった。部室を覗くと、部屋の隅に、部員達の輪には入らず一人で古い文庫本を開いている痩せこけた男がいた。

それが、光司だった。妙に落ち着き払った雰囲気を醸し出しているので、てっきり先輩かと思っていたら、自分と同じ新入生だとわかった。手始めに、映画が好きだと話を振ってみると、

『黒澤映画で一番好きなのは？』

いきなりそう聞かれた。詰問するようなその口調にたじろぎつつも、ひとつタイトル

を告げると、光司は急に、その映画の主人公の特技である、電車の運転士のパントマイムを披露してみせた。映画の題名にもなっている、主人公の口癖を口ずさみながら。

声のトーンといい腕の角度といい、完璧な形態模写だった。思わず拍手すると、光司はさっきまでの尊大な態度から一転して、照れたように唇をすぼめた。周囲の仲間達が、呆気にとられたような顔で二人の出会いを見つめていた。

それからというもの、内野と光司は行動をともにするようになった。お互いの下宿先を行き来し、光司の映画コレクション（大量のビデオテープで、そこには内野が子どもの頃に放映していた有名な探偵ドラマなんかもあった）を鑑賞したり、生活費を切り詰めて、一緒に演劇の鑑賞をしたりした。

光司は、研究会内のどのグループにも与することなく、誰とも群れようとしなかった。当然、先輩受けもすこぶる悪い。台本を読ませてみると、自分の言いやすいように台詞を変えたり、筋書きを捻じ曲げたりしようとするので、脚本家や演出担当からは特に嫌われていた。

その一方で、後輩には妙に好かれていた。研究会に馴染めないようなあぶれ者や、芸事に造詣の深い人間には、特に。彼らは大抵内野を橋渡しとして、光司に接触しようとした。明美もまた、そんな後輩の内の一人だった。

内野と同郷である明美は、なんだかんだと理由を付けて、内野にばかり話しかけてきた。しかし、どうやら彼女のお目当ては、その隣で文庫本を広げている光司のようだった。

『竹中先輩は、もっと真剣に演劇に臨むべきです。内野先輩もそう思いませんか？』

飲み会の席で、明美はよくそんな風に食って掛かった。明美は高校で演劇部の副部長を務めており、大学ではやめるつもりだったが、少しでも演劇に携わりたいという気持ちから、小道具志望でこの研究会の門を叩いたのだという。

明美は、光司の才能を買っていたのだと思う。というのも、光司は練習には不熱心な割に、ひとたび舞台に出れば、どんな端役であっても客の笑いをかっさらい、感動を与えることができた。光司に役者としての才能があることは、誰もが認めざるを得ない事実だった。

顔を合わせる度にやかましく説教してくる明美を、光司はうるさい後輩としか思っていなかったようだ。しかし、明美が光司に好意を抱いていることは明らかだった。

二人の間に男女の仲的な進展はなく、内野達は卒業を迎えた。就活生にとっては売り手市場の年で、周りの同級生は続々と就職先を決め、内野もまた、試しに受けたいくつかの企業から、内定をもらっていた。

『内野、俺の脚本で主役やってみないか？』

光司がそんな提案を持ちかけてきた。それまで、内野は主役というものを演じた経験がなかった。周囲から便利屋的に扱われることが多く、脇役から敵役、狂言回しまでなんでもこなしたものの、ついぞ主役級の役柄には恵まれなかった。

『内野は、主役の器じゃないんだよな』

打ち上げの席で、演出家の男に言われた言葉だ。その時は腹が立ったが、心のどこかで納得している自分もいた。だからこそ、光司からの誘いは嬉しいものだった。

しかし、光司の言葉には続きがあった。

『やるなら、本気でやりたいと思ってる。大学を辞めて、劇団を立ち上げたいんだ。手伝ってくれないかな』

内野は迷った。迷った末、その時点でもらっていた内定をすべて断り、光司について行くことを決めた。それまで、どうせ自分には無理だ、と諦めかけていた夢を、初めて他人に肯定されたような気がした。自分の決断を告げると、光司は嬉しそうに、けれどそれを隠すようにぶっきらぼうに、ありがとう、とだけ答えた。

しかしそんな矢先、故郷から父親が倒れたという知らせを受けた。慌てて帰省すると、病床の父は自分の体そっちのけで、内野の進路を気にしていた。もし就職先が決まっていないなら、自分が紹介してやるから、と。

すっかり痩せこけ枯れ木のようになった体で、俺は大丈夫だから就職活動を頑張れ、と繰り返す父に、就職どころか大学を辞めるつもりでいるということはとても打ち明けられなかった。

『内野先輩、大学辞めるって本当ですか』

故郷から戻り構内をぶらついていると、たまたま明美と出くわした。明美の問いかけに、すぐに頷くことができなかった。その態度に察するものがあったのだろう。明美も

また、それ以上掘り下げて聞こうとはしてこなかった。

『これからも、竹中先輩と仲良くしてあげてくださいね』

あの人、内野先輩以外に友達いないから。去り際、明美は内野に向けてそんなことを言った。どうして明美が、あいつの心配をするのか。恋人でもないくせに。その時、明美の口から出たのが、自分への惜別の言葉ではないことが、無性に悲しかった。

内野は、近所の古びた喫茶店に光司を呼び出し、故郷へ帰る意思を固めたことを告げた。今とは違い、分煙なんていう言葉はなかった時代だ。店の中にはそこかしこに煙草の煙が立ち上り、目の前を真っ白に染めていた。

てっきり口汚く罵られるかと思っていたら、光司は気味が悪いくらい大人しく、内野の言葉に耳を傾けていた。

『俺、今までの人生で、本気になったことがないんだよな』

光司は、なぜだか少し寂しそうな顔で、そう呟いた。だから俺は、それをこれからやろうと思ってる。

『お前も頑張れよ』

光司はそれだけ言うと、札を一枚テーブルの上に置いて席を立った。それが、光司から内野への餞別だった。テーブルを見つめたままうなだれていると、光司は店の出入口から、内野、と呼びかけた。

顔を上げると光司は、出会った時に自分が好きだと言った、例の映画のタイトルを叫んだ。そして周囲の視線もいとわず、腕を振り上げ踵を鳴らし、何度も主人公の口癖を繰り返しながら、内野の前から姿を消した。

それは、初めて見た時から色褪せることのない見事な形態模写だった。人生で一度も本気になったことがないという光司のパントマイムは、いつだって本気で挑むことしかできなかった自分の演技なんかより、ずっとずっと素晴らしかった。

それからまもなく、光司は一人大学を辞めた。劇団の立ち上げ公演は、自身で主役を務めたらしい。賛否両論あったようだが、内野はそれを観ていない。観られるはずがなかった。

内野は卒業後、父親に勧められるまま、知人の紹介でOA機器の販売会社に就職を決めた。それが現在の、吉丸事務機株式会社だ。父親は、内野が無事就職したことを知ると、安心したようにこの世を去った。

それから数年が経ち、地元の繁華街で明美と偶然再会した。明美もまた、大学を卒業してからは故郷に戻り、実家が経営する電器店の事務員として働いていたらしい。それから二人きりで会うようになるのに、さほど時間は掛からなかった。

内野の頭には、いつかの光司の台詞がリフレインしていた。人生で、何かに本気になる時。自分にとって、それは今だった。人気者になることはできなかった。主役を勝ち取ることもできなかった。けれどその時生まれて初めて、本気で愛する人と一緒になりたいと思った。

『結婚してください』

何回目かのデートの末、プロポーズにこぎつけた。明美がそれを受け入れてくれた時、初めて心から、自分の居場所を見つけたと思えた。この居場所を、死ぬまで守ってやると決めた。

配属された営業課では、根性と気合だけで管理職まで上り詰めた。営業成績やマネージメントの手腕に自信があったわけではない。だからこそ、なりふり構わずがむしゃらにやった。

福田工業株式会社も、その時代に内野が見つけた顧客だ。業界全体が上り調子だったこともあり、当時は福田社長にも、随分強気な営業を仕掛けていたと思う。社長が自分を目の敵にしているのは、そういった理由からだ。

一方で社内では、できるだけ親しみやすい人間であるよう心掛けた。飲み会になれば上司に酌をして回り、部下に向けてはことさらひょうきんに振る舞った。飲めない酒を無理に呷って酔っ払い、出来もしない宴会芸を披露して笑いを誘った。

まるで、自分が上司からかわいがられ、部下からは信頼されている「人気者」であるかのように装った。子どもの頃にやっていたことを、大人になってからも意識的にやって見せただけだ。

その頃の上司が、次期社長と噂されていた人物と懇意にしており、自然と内野もその一派に身を預けることとなった。予算編成にしても人事にしても、随分良い思いをさせてもらったと思う。しかしその人物が失脚し、社長が代替わりしてからはあっという間だった。

とある案件で、クレームをきっかけに顧客と揉めた。契約は白紙になったものの、たいした被害額ではなかったはずだ。しかし一ヶ月後、内野はその一件を理由に地方の事業所への異動と降格――事実上の戦力外通告であるそれを告げられた。

経営陣の面子《メンツ》が変わり、旧・次期社長派の人間達は、瞬く間に解体された。ある者は地方送りとなり、ある者は畑違いの部署へと異動させられた。内野の異動も、そういった制裁の内のひとつだった、と後で知った。

明美へのプロポーズから、二十年以上が経とうとしていた。昔程映画もドラマも観なくなったし、もう流行りの女優も俳優の名前もわからない。しかし、好きな人と結婚してその人との間に子どもを儲け、仕事をしながら家族を養っている。順風満帆な人生、のはずだった。

それが、今はどうだろう。

家族からは軽んじられ、会社では無能な上司扱いを受け、仕事もまともにできず、かつての部下からは蔑みの入り交じった目で見られている。これが、あの時死ぬまで守りたいと思った、自分の居場所なのだろうか。


送別会を翌日に控えた夜のことだった。内野は、誰も残っていない事務室で、ダンスの最終確認に励んでいた。もうすでに、メロディも振りも完璧に頭に入っている。最後にもう一度、と音楽を流そうとしたところで、事務室の扉が開く音がした。この時間に社内にいる、ということは警備員だろうか。それか、総務課の誰かが忘れ物でもしたか。

しかし内野の予想を裏切り、そこに姿を現したのは岸だった。岸は、お疲れ様です、と頭を下げ、コンビニ袋を差し出した。

「差し入れです」

袋には、例の新人女優のＣＭでお馴染みの、スポーツドリンクが入っていた。

「あ、ありがとう」

有難くそれを受け取り、喉を潤す。汗だくの体に水分が染み込んでいく感覚が、気持ちよかった。

会話はすぐに途切れた。しかし、岸がその場を去ろうとする気配はない。何か喋らなければ、と思うが言葉が出て来なかった。仕方なく、ちびちびとペットボトルに口をつけていたら、岸の方から口を開いた。

「あの、何か手伝えることありますか」

前日に、出来る手伝いも何もない。せいぜい、明日自分がスベっても見て見ないふりをしてくれ、と頼むくらいだ。

「……あ、そうだ。明日、あんまり飲みすぎないでくれよ。お前、前より酒癖酷くなってないか？　明日の主役は退職者なんだから」

何気ない会話のつもりだったが、それを聞いた岸は顔を曇らせ、意を決したように、申し訳ありません、と頭を下げた。慌ててペットボトルのキャップを閉める。

「何、どうしたんだよ」

「あの、俺のせいでこんなことになって。企画会議の飲み会の時。調子に乗りました。すみません」

長年営業課のボスを務めて来た人間らしい、きれいなお辞儀だった。自分はもう、こんな風にはできないだろうな、と思う。

「あ、いやまあ。いいよ別に、それは。あれがなくても、こうなってたような気がしないでもない。それに」

その言葉に、岸が頭を上げる。

「俺もなんだかんだ、楽しんでるし。久しぶりなんだよな、こういうの。何かに全力になるっていうか。この年になると、そんな機会も少なくってさ。それが会社の送別会ってのが、ちょっと情けないけど」

最後の一言は余計だったかもしれない。しかし、岸は特に不快に感じた様子もなく、内野の言葉に聞き入っていた。

「情けないとか、俺は思わないです。総務課も、大変な時期だから。そういう時に内野さんが……、上に立つ人間が必死になって何かに打ち込んでる姿って、ちゃんと伝わると思う。部下にも、響くものがあると思うんですよね」

岸の真っ直ぐな目は、今の内野には少し眩しすぎた。思わず、たじろいでしまう。自分で自分に、逃げ道を作りたくなる。

「まあ大変って言っても、自業自得みたいなもんだ」

自虐を交えたつもりが、岸は全く笑わなかった。密かに反応を探ってみたものの、その瞳の色からは、動揺や憐憫《れんびん》といった感情は読み取れない。しかし、逆にその揺らぎのなさから、岸がすべての事情を把握していることが窺えた。

減員の発端となったのは部下同士のトラブルであり、その内の一人である真咲かおりの採用は自分が決めた。面接や適性検査では、協調性や自主性において課題が見られたにもかかわらず、かなり強引に、周囲の反対を押し切った結果だった。

彼女はかつての上司の親族にあたる娘で、元上司からはどうにかして採用に捩《ね》じ込めないか、と相談を受けていた。彼は、内野とともに玉突き人事で割を食った社員の一人だった。

元上司は、本社への返り咲きを虎視眈々と狙っており、今回のことが上手くいけば人事にお前のことも口添えしてやる、と言った。また一緒に仕事をしよう、昔みたいに、と熱の籠もった口調で。

しかし今となっては、その上司からの連絡は完全に途絶えてしまった。それどころか、近々会社を立ち上げるために退職を予定している、なんて噂まである。身近な人間にはそれとなく、引き抜きの話なんかもほのめかされているらしいが、内野に声が掛かる気配はない。きっと、これからもないのだろう。

体よく利用されてしまったのだと思う。よくある話だ。こうなることも、まったく予見していなかったわけではない。しかし、甘い話に少しも期待していなかったといったら、それも嘘になる。

ここまでして、自分がかつての居場所にしがみつこうとしていることに、びっくりした。あんなにも、自分に言いきかせていたくせに。その実、ちっとも諦めきれていなかったのだ。本物の「人気者」になれるかもしれない自分。仮初の姿から脱却した、輝かしい未来を。

「俺、明日楽しみにしてます」

岸は最後に、そう言って歩き出した。今度は素直に受け取ることが出来た。期待されることは、嬉しいものだなと思う。年齢を重ねれば重ねるほど、失敗を繰り返せば繰り返すほど、自分ですら自分に期待するのは難しくなっていく。

なるべく飲まないよう気をつけます、と言うので、なるべくじゃなくて、一滴も飲むなよ、と返した。岸は、答えずに笑っていた。

「……岸さん。ありがとう」

そう声を掛けた。なんのてらいもやっかみもなく、岸をさん付け出来たのは、多分初めてだった。岸はその言葉に無言で一礼し、くるりと背を向けて事務室を後にした。

その背中が一瞬何かに重なり、すぐにそれが最後に見た光司の後ろ姿だ、ということに気づいた。見事なパントマイムを披露して、自分の元から去った光司。約束を反故《ほご》にした自分を、最後まで責めることはなかった光司。

あの後ろ姿が、ずっと怖かった。声もなく、自分が詰られているようで。しかしあれは、激励だったのかもしれない、と今になって思う。光司なりの、かつての友人への。

だって、光司は言っていたではないか。お前も頑張れよ、と。

内野は、よし、と小さく呟き、スマホをテーブルの上に置くと、画面上の再生ボタンを押した。閑散とした事務室には不似合な、ひび割れたメロディが流れ出した。

その日、内野はいつも通り起床し、いつも通り家族と朝食を食べ、いつも通り家を出た。

「今日、遅くなるかもしれないから。寝ててくれ」

玄関先でそう告げると、明美も取り立てて不審に思った様子はなく、わかった、鍵は閉めとくね、とだけ答えた。

ふいに、明美の手を握りたい、と思った。しかし、あまりにも不自然すぎる。黙って見つめていたら、明美は訝し気な顔で、何かついてる？　と自分の頬をぺたぺた触っていた。

ホテルの小ホールを借りて行われた送別会は、実にスムーズに進行していた。部長の挨拶に、常務の乾杯。立食形式のパーティーのため、ホール内には、続々と料理が運ばれ始めている。

歓談の時間が設けられ、これが終わったら、次はいよいよ出し物だ。内野はトップバッターだった。総務課代表のスピーチ、という名目で壇上に立ち、続けてきっかけの曲が流れる手はずになっている。

本日の主役である退職者に、今までの労いの言葉を掛け、一通り酌も済ませた。ようやく一人の時間が出来たので、ウェイターに声を掛け、ウーロン茶をもらった。緊張のせいか妙に喉が渇き、三口くらいで全部飲み干してしまった。

「課長、大丈夫ですか?」

声を掛けて来たのは、沙也だった。

「お、おう」

めっちゃ声上擦ってるじゃないですか、と呆れたように言われる。なにせ、人前で何かを披露するのは二十年ぶり、いやそれ以上だ。心臓が早鐘を打っている。初めて舞台に立った時も、こんなものだったろうか。思い出そうとするが、上手く頭が回らない。

「大丈夫、大丈夫」

口に出したそばから声がひっくり返ってしまった。見かねた沙也が珍しく気を遣って、何かおかわり持って来ましょうか、と尋ねた。

「あ、ああ。じゃあ、えっと。あのウェイターの人に、同じものを頼んでもらえるか」

「はーい」

だから、「はーい」は止めなさい。しかし、それを口にする余裕はなく、空になったコップを差し出した。

少しして沙也が持って来たおかわりを、これまた一気に飲み干す。さっきは気づかなかったが、変な味がする。緊張のせいで、味覚までおかしくなってしまったのだろうか。

すると、内野の様子を見ていた沙也が、目を丸くした。

「課長、解禁したんですか？　大丈夫ですか、トイレとか。課長の番になった時に『あれ、いません』じゃちょっと白けるっていうか」

沙也の、解禁、という言葉に違和感を覚えつつも、大丈夫だって、まだ二杯目だから、と笑いながら答えた――、そこまでだった。内野の記憶は、それを境にぷっつりと途切れた。次に目を覚ました時、内野は見知らぬ部屋で固いソファの上に寝転がっていた。

「あ、あれ」

出した声は、スカスカのスポンジのようだった。何度か声を出してみたものの、変に喉が痛む。よいしょ、と体を起こすと、金槌で殴られたような痛みが後頭部に広がった。やがてそれは、ズキズキとした鈍い痛みに変わっていく。思わず、うう、と呻き声を上げてしまう。

「大丈夫ですか」

そう言って、水の入ったコップを差し出したのは、岸だった。

「ああ、ありがとう……」

状況が把握できないまま、それを受け取った。ぐるりと周囲を見回す。薄暗い照明に、部屋の隅に設置された液晶画面。図体ばかり大きな機械にスピーカー、そしてテーブルの上に置かれたマイク。そこでようやく、自分がカラオケ屋の一室にいるらしいことに気づいた。

俺、と口に出しかけたところで、部屋の扉が音を立てて開いた。

「あ、課長！　良かった、起きた」

沙也が顔を出し、安心したように胸に手を当てた。どうしてここに沙也がいるのだろう。

「とりあえずそれ、飲んでください」

岸に勧められるまま、コップの水に口をつけた。ああ、そうだ。自分はさっき、同じようにウーロン茶を飲み干したはずだ、あのホテルで。そして、次に自分の出番を控えていたはずで。記憶を探ろうと首を捻ると、また頭がきしんだ。さっきよりも、鈍痛はひどくなっている。

「送別会って」

コップの水を飲み干したところで、やっと言葉にすることができた。すると、それまで心配そうな顔で自分を見つめていた岸と沙也が、ぴたりと動きを止めた。長い沈黙の末、岸がひどく言いづらそうに、口を開いた。

「終わりました」

「終わ、え、終わり？　だって俺」

黙って様子を見ていた沙也が急に立ち上がり、直立不動の姿勢から、申し訳ありませんでした！　と思い切りよく頭を下げた。

「私があの時、気づけばよかったんです」

顔を上げた沙也の目には、じんわりと涙が浮かんでいた。

つまり、こういうことだった。内野がウェイターから受け取ったのは、ウーロン茶ではなく、ウーロンハイだった。しかしそれには気づかぬまま、おかわりを含めて二杯、口にした。その結果、酔いつぶれた内野を二人が介抱し、ここまで連れて来てくれた、ということらしい。

「俺、どうなった」

顔を引きつらせた岸と沙也に、なるだけ詳しく教えてくれ、会社で覚えてないじゃ済まないから、とそう言うと、二人はおずおずと口を開いた。

二杯目のウーロンハイを飲み干すや否や、急に笑い上戸になった内野は、司会の紹介を受ける前に壇上へと躍り出て、陽気なスピーチをし始めたらしい。最初は笑っていた周囲も、これはおかしいと悟り、ステージから降ろそうとした。しかし、内野は激しくそれに抵抗した。

果ては、ここに至るまでの自分の苦労と身の上話を切々と語り始め、元上司への罵詈雑言を飛ばした上、さめざめと泣き出したところで足を滑らし、背中から転倒して意識を失った、ということらしかった。

「……それで、ダンスは」

わかっていたものの、聞いてしまった。岸が、申し訳なさそうに首を振った。すると沙也が、でもあれ、とぱっと顔を明るくさせた。

「なんかあの、電車の物真似？　やってました。呪文みたいなやつ叫んで。えっと、ウケたかって言ったら微妙なんですけど。なんていうかその、ト、トリッキーっていうか。いや、えっと、斬新、でした……」

次第に、沙也の声も萎んでしまった。もはや、乾いた笑いしか出てこない。続けて岸がフォローのつもりか、

「あの、俺、今日珍しく一滴も飲んでません。今日の内野さん見て、本気で酒止めようと思いました」

と真面目な顔で宣言し、その場はそれでお開きとなった。

カラオケ屋を出ると、空はすでに白み始めていた。夏の朝は早い。今日も仕事だ。平日だというのに、二人には悪いことをしてしまった。

自分だけが反対方向の電車だったため、駅で別れを告げる。去っていく二人の姿が見えなくなるまで、感謝と謝罪の気持ちを込めて、ぶんぶんと手を振った。

家に着くと、そのまま寝室ではなく人気《ひとけ》のないリビングに腰を下ろした。思わずため息が漏れる。長い一日だった。といっても体感的には、半日も経っていないのだが。後一時間もしない内に、また家を出なくてはならない。

とりあえず、シャワーでも浴びようか。そう思ったが、頭痛もあって立ち上がる気になれず、スマホの画面に目を遣ってアプリを起動する。その動画を見るための一連の操作は、最近ではちょっとした癖のようになっていた。少しして、スマホからメロディが流れ出した。

ふんふん、と下手な鼻歌を歌い始めたところで、ギイ、とリビングの扉が開く音がした。

「帰ってるの」

振り返るとそこには、パジャマ姿の明美が立っていた。

「ああ、ごめん。起こしちゃったか」

言いながら、明美の目の下に、うっすらと隈が浮かんでいることに気づいた。明美は静かに首を振った。そして、内野の元へと近づき、くんくんと鼻を蠢かす。

「やだ、飲んで来たの」

少しだけ、と答えたものの、明美は険しい顔で、弱いんだからやめときなよ、と呟いた。

「連絡ないから、何かあったのかと思った」

そう言って、ほっとしたように息をつく。ごめん、と答えたのを聞いているのかいないのか、洗うから貸して、と座っている内野の背広に手を掛けようとした。

内野は立ち上がり、明美の腕を取った。そのまま指を滑らせ、手の先をぎゅっと握る。そこに、若い頃の劣情や激しい恋心のようなものはなく、しかし、ごく自然な欲求に従っての行動だった。

「何、どうしたの」

明美は、特にたじろぐような様子も見せず、手を握られたままの体勢で首を傾げた。わずかに、自分の指が握り返されたことがわかる。それが、嬉しかった。

「……いや」

そっと手を離し、俺、ちょっと失敗しちゃってさ、と続ける。

「ずっと、練習してたんだけど。でも、上手く出来なくて。いや、というかそれ以前の問題で。それでその、改めて発表会というか。ちょっとそこで、見て欲しいんだけど」

そう言って、ソファを指差した。自分が何を言っているのか、妻にはきっとわからないだろう。しかし、明美は言われるがまま、ソファへと腰を下ろした。

ローテーブルを部屋の隅へ動かし、カーペットの中心へと進み出る。アイドル達の元気なカウントダウンとともに、スマホから音楽が流れ出した。今ではすっかり聞き慣れた、安っぽいメロディライン。

首を振ってカウントを取り、真っ直ぐ腕を振り上げる。踵を鳴らし、足を動かした。最初覚える時に苦労した、小刻みなステップ。なんとか上手くいった。

続けて横を向き、小さく腰を落としてコミカルに尻を振る。アイドルがやればそれなりに様になるが、会社の鏡で見たらそれはそれは悲惨なポーズだった。今日までぎっくり腰にならなかった自分を褒めてやりたい。

両手にピースサインを作り、顔の横で上げ下げして、サビに入る。大きく円を描くように腕を回し、軸足を中心にくるりと回転した。その瞬間、閉め切ったカーテンの隙間から朝日が差していることに気づいた。空から降り注いだそれは、リビングに一筋の光を放っていた。

音楽に身を委ねながら、酸欠で薄れ行く意識の向こうで、スポットライトみたいだな、と思った。最後のサビのフレーズとともに、締めのポーズを取る。リビングに、沈黙が訪れた。ゆっくり肩を上下させる。その瞬間聞こえ出した呼吸音が、まるで自分のものじゃないかのように大きい。

目の前から、パチパチパチ、と乾いた音が聞こえ、しばらくしてそれが拍手だということに気づいた。ダンス中あえて見ないようにしていた、明美の顔に目を向ける。明美は唇を噛んだまま、けれどしっかりと、手を打ち鳴らしていた。

「あ、あの、ど、どうだ、った」

息切れを隠そうともせず、そう聞いてみた。どうもこうもないと思うが。明美は難しい顔で腕を組み、うーん、と長考した末、

「……埃がすごかった」

と言って、内野の背後を指差した。振り返ると、さっき見つけた光の道筋に無数の埃がキラキラと、ガラスの破片のようにきらめいていた。それを見ていたら、思わず、は、と笑いの入り交じった声が漏れた。

「よし、掃除しなくちゃ。はい、あなたも早くそれ脱いじゃって。シャワー浴びてよ、汗がすごいんだから」

そう告げると、明美はてきぱきと立ち上がり、カーテンを開けてキッチンへと向かった。リビングに、解放されたような朝の光が広がる。続けて、二階からドタバタと騒々しい足音が聞こえて来た。

「ちょっと、お父さん。うるさいってあれ。止めてよ、もう」

階段を下りて来た愛梨は、ひどくうんざりした顔だった。

「笑ってる場合じゃないよ。私がやっても全然止まんないんだもん。早くしてってば」

その言葉に、おはようを言うのも忘れて顔を上げ、耳を澄ます。二階からは、決して

小さくない音量のアラーム音が聞こえていた。一日の始まりを告げる鐘のようなそれは、いつまでも、いつまでもリビングに鳴り響き続けた。

エールはいらない

時刻は午後五時四十八分。

終業までは、まだ十二分もある。この時間を何事もなくやり過ごすことができれば、晴れて会社から解放される。今日は退勤後に人と会う予定を控えているため、仕事は随分前倒しで片づけていた。後は、終業時刻を待つだけだ。

温井沙也は、じりじりとした気持ちでデスクトップのアナログ時計を見つめていた。自然と、パソコンを睨みつけるような顔つきになった。それが丁度、斜め向かいの席にデスクを構えた、ウッチーこと内野課長の目に留まったらしい。

「どうした温井、怖い顔して。そんなんじゃ、よ、よ、えーと、あれだ。よろしく頼むぞ、総務課の未来はお前にかかってるんだ！　なーんちゃって、ははは」

「……なんですか、それ」

どうせ、嫁に行けなくなるぞ、とでも言おうとしたのだろう。途中からあからさまに勢いをなくした内野は、沙也の冷たい視線にもめげることなく、ガハハとふんぞり返ってみせた。しかし、すぐに腰を押さえて、いてて、と机に突っ伏してしまった。

ここ最近の世論もあって、社内の空気はセクハラやモラハラにひどく敏感だ。内野のような、デリカシーとは無縁のおじさんには生きづらい時代だろうなと思う。高校生の娘がいるそうだが、家でも肩身の狭い思いをしているらしい。

しかし、内野はいつだったか、スマホの待ち受け画面に設定した家族写真を見せびらかし、思春期に突入した娘のエピソードを嬉々として語っていた。幼い頃に両親が離婚し、母一人子一人、という家庭で育った沙也には、父親の気持ちというものがいまいちよくわからない。

時計の短針が、ようやく五十分を指した。後十分。まだ二分しか経っていない。こういう時に限って、時計の針の進みが遅い気がする。

せめて今の内に、待ち合わせの駅までの道のりを確認しておこう。ため息をのみ込み、インターネットのブラウザを開いて気を紛らわせていると、パソコン越しにチラチラと時計を窺っている同僚の姿が目に入った。みんな考えていることは同じだ。

その中でも、人一倍真剣な面持ちで時計とにらめっこしている女性がいた。米沢仁美《よねさわひとみ》。産休・育休含めて一年近く職場から離れていたが、本社での時短勤務を経て、今月から総務課への復帰を果たした〝ママさん社員〟だ。

元々は、沙也の先輩にあたる人物だった。沙也が入社した時点ですでに社歴は十年以上。自分にも他人にも厳しく、はっきりとした物言いをすることから、社内ではお局様的なキャラクターとして知られていた。いや、恐れられていた、という方が正しいかもしれない。

実際、夏の終わりに仁美が総務課に戻って来る、という噂が流れた時は、課内にどよめきが上がっていた。今となっては仁美より社歴のある人間はおらず、誰にとっても目の上のたんこぶ的な存在となることは明らかだったからだ。

沙也もまた、仁美の復帰を不安視していた人間の一人だ。入社して間もない頃、連続で有休を申請しようとしたら、常識がないだの気遣いがないだの、こてんぱんに言われたことが思い出される(結局、無理を通したが)。

それ以外にも、仁美からくらったお説教は数えきれない。

『温井さん、この前のシフト申請のことなんだけど。ちょっといい?』

『職場で名前呼びは止めよう。いくら同期って言ったって、ここは会社なんだから』

『飲み会も、仕事の内だよ。プライベートがあるのはわかるけど、一回も出席しないってのはどうなのかな』

仁美の小言を思い返すだけで、気分が重くなる。この会社に入って、いちばんしんどかった時期だ。毎日、こんな会社辞めてやる、と思っていた。仁美だけのせい、とは言わないが、大きなストレスとなっていたのは確かだ。

しかし意外や意外、復帰後、仁美のお局様ぶりは鳴りを潜めている。

『ああいう人も、必要なんだよ。私は嫌いじゃないけどな、米沢さんのこと』

ふと、懐かしい声が蘇る。いつも笑顔で、沙也の愚痴を聞いてくれた。ふんわりと包み込むような雰囲気と、人の好さそうな下がり眉。それは、春にこの会社を去った同期で、一時は自分の上司でもあった友人——中間優紀の姿だった。

決して、人の悪口を言ったりしない性格だった。そこが好きなところでもあり、少し物足りないところでもあった。社内での人望も厚く、先輩達からも可愛がられていた。自分とは、まったく正反対の性格だった。

そんな優紀が後輩と揉め、退職に追い込まれてしまうだなんて、入社時には誰も予想できなかったことだ。自分はともかくとして、優紀はきっと定年まで勤めあげるものだと思っていたのに。

退職は本人の希望、ということになっているが、あまりに急な出来事だったし、沙也にはトラブルの原因となった後輩——真咲かおりが優紀を追い詰めたようにしか思えなかった。

かおりは周りに、優紀に裏切られた、と吹聴しているらしい。二人の間に何があったのか、実際のところはわからない。しかし、それが原因で優紀は退職の道を選んだ。かおりはといえば、現在休職中だ。精神を病んで自宅療養している、という噂もあるが、どこまで本当かはわからない。

そうこうしている内に、時計の針がまた動いた。五十三分。亀の歩みではあるが、順調に時を刻んでいる。その直後、事務室内の電話が一斉に鳴り響いた。コール音から、他部署からの内線電話であることがわかった。事務室内に緊張が走る。

この時間に進んで電話に出ようとする者などいない。金曜日の、しかも終業間際に電話してくるなんて、緊急性が高く面倒な用件であることは明らかだった。大方、今ならまだ電話しても間に合う、しかし来週には持ち越したくない、という思惑を抱えた他部署の誰かがこの忌まわしいコール音を鳴らしているに違いない。

そもそも社内で、就業規則に従い、律儀に就業時間を守っている部署は総務課以外にない。

営業課やシステム管理課は、業務の特性もあってか始業前出社やサービス残業が常態化している。それに比べて、終業時刻を過ぎるとほぼ確実に事務室が空になってしまう総務課は、周囲から「お役所仕事」と揶揄されているくらいだ。

しかし、誰も出ない、というわけにはいかない。仕方なく、三回目のコール音が鳴り終わったと同時に、受話器を取る。イチかバチかだ。できることなら、他の誰かが先に取っていて欲しい。しかし祈りも虚しく、沙也の取った電話は鈍い接続音とともに相手へと繋がってしまった。

「あ、ごめんねこんな時間に。ちょっと総務課のシステムで調べて欲しいことがあるんだけど……」

電話口の相手は、営業課の中堅社員だった。ごめん、と言うくらいなら掛けて来るな。そう言い返したかったが、もちろん口にはできない。感情を押し殺した声で、はい、はい、と相槌を打ちながら、システムを立ち上げる。

時刻は五十七分。今度は、やけに針の進みが早い。同僚達が心配そうな顔でこちらの様子を窺いつつも、ほっと胸を撫で下ろしているのがわかった。その中には、もちろん仁美の姿もある。

「あの、すみません。迎えがあるんで……。お先に失礼します」

仁美が立ち上がったのは、五時五十九分のことだった。ほんの二十秒くらいの差ではあるが、本来の終業時刻よりも微妙に早い。とはいえ、切羽詰まった様子で事務室を飛び出していく仁美を止められる者はいなかった。

復帰してからというもの、仁美は毎日定時ぴったりに帰宅する。でないと、子どもを預けている保育園の迎えの時間に間に合わないからだ。産休時代から職場への復帰を視野にいれていた仁美は、早い段階でいわゆる「保活」に励んでいた。

しかし、自身が望んだ保育施設へ入園させることは叶わず、育休終了まで残りわずかという時期に、通勤圏外の地域にある保育園に入ることが決まった。そのため、朝の出社はいつも遅刻寸前だ。帰りは帰りで、定時に会社を飛び出しても保育園への到着はギリギリらしい。

当然、残業など出来るはずがなかった。総務課への復帰が決まった時から、仁美の件に関しては総務課のメンバー全員が一丸となって協力し、助け合っていこう、という約束になっていた。今日に至るまで、沙也も様々な形で「協力」し、「助け」て来たつもりだ。

例えば、月に一〜二回、課内の人間が持ち回りで務めている土曜出勤。当然ながら、子持ちの仁美は出勤を免除され、沙也を筆頭に、それ以外の人間が担当することになっている。しかし、優紀の退職の件もあり、以前に比べてぐっと人が減った総務課において、土曜出勤はかなりの負担だ。

それ以外にも仁美は、子どもが熱を出したとか、役所への提出書類があるといった理由で早引けしたり、急な休みを取ることが多い。

仁美自身もそれを申し訳なく思っているようで、早退や休暇の翌日は、必ず全員に挨拶に来てくれる。更衣室には毎度、「迷惑を掛けました」という付箋付きで、飴やらクッキーやらが差し入れされる。復帰後の仁美の態度も、そういった事情が関係しているのだと思う。

誰も悪くない。それはわかる。母の背中を見て育った分、余計に。働きながら母親になるということは、今の時代、想像もつかないくらい大変なことなんだろう。

それでもやっぱり、ずるい、と思ってしまう。自分は特に。総務課に、沙也以外に独身の人間はおらず、他は皆子持ちではないにしろ家庭を持っている。やれシフト調整だ、仁美の代打探しだとなった時に、いちばん割を食うのは子どもも家庭も持たない自分だ。

新入社員の頃、他部署との交流会よりもプライベートの予定を優先した沙也をこっぴどく叱った仁美は、復帰してからは一度も会社の飲み会に参加していない。当然だ。幼い子どもを抱えた女性が家庭を後回しにして、飲み会に参加できるはずがない。

しかし約束は、「一丸となって協力し、助け合っていこう」だったはずだ。自分が協力し、助けることはあっても、協力されたことも、助けられたこともないように思う。協力し「合う」、助け「合う」の部分は、一回も果たされていない。そんなことを考えてしまう自分は、性格が捻じ曲がっているのだろうか。

さっきだって、そうだ。事務室内にコール音が鳴り響く中、沙也は反射的に仁美の行動を観察していた。

仁美は周りの様子を窺いながら、電話機へと手を伸ばした。しかし、その手はいつまで経っても添え物のようにそこに置かれているだけで、決して電話機本体から受話器を引き剝がそうとはしなかった。

そして、沙也が電話口の相手に相槌を打ち始めると安心したように、いそいそと帰り支度を始めたのだ。

『電話は三コール以内に取って。これ、社会人なら常識だよ』

『第一声は明るく、ゆっくり、はっきり喋らないと』

『聞き取れませんでした、は言い訳にならないよ。復唱は電話対応の基本だから』

入社当初、電話対応を苦手としていた沙也にそう繰り返した仁美。あの頃は、電話が鳴る度に胃がきりきりした。それでも先輩の言うことだから、自分のためを思って言ってくれているんだから、と耐えてきたのに。

あの日々はなんだったのだ。あの時の仁美の言葉は、嘘だったのだろうか。母親だからという理由で全てを帳消しにできるほど、自分は大人にはなれない。

一度そんなことを考え出してしまうと、仁美に、いや、仁美だけではなくこういった状況を許す上司にも、それを傍観しているだけの同僚にも、電話口でへらへらと注文をつけてくる営業課の人間にも、何もかもに腹が立って仕方がないのだった。


結局、沙也が退勤を許されたのは時計の針が六時半を回ってからのことだった。総務課で使用している出庫システムの数値と、営業課で把握している契約数に差異があったとかで確認に時間が掛かり、思わぬタイムロスとなってしまった。

更衣室で着替えと化粧直しを済ませると、一直線に駅へと向かった。休日を前に華やぐ構内をすり抜け、電車に飛び乗る。約束の時間には、間に合いそうにない。スマホを取り出し、LINEを起動する。ごめん、急な残業が入っちゃって。メッセージを打ちながら、事務室で内野と交わしたやり取りを思い出す。

『温井、ありがとうな。ちゃんと残業申請していけよ』

沙也が受話器を置くや否や、それまで電話のやり取りを静観していた内野が、待ち構えていたかのように声を掛けて来た。その顔に浮かんでいた、恩着せがましい表情。いかにも、「複雑怪奇な女性の職場で細やかな気遣いができる俺」という顔だ。

つい先日決まった、有休の件の時もそうだった。個人の裁量では申請しづらい有休申請だったが、今後は管理職の指導の下毎月計画的に消化していくという指針が発表された。これは、沙也が随分前から内野に主張していたことだった。

長いこと煮え切らない態度を見せていた内野が、急に「女の人にやさしい職場にしないとな」などと言って、自分の手柄のように報告してきた。しかし実際のところは、このところワイドショーを賑わせている過労死や、仁美の復帰が影響しているのではないかと思う。

だが、内野のようなわかりやすい例はまだいい。沙也が割り切れない思いを抱いているのは、むしろ——。

改札を通り抜けて周囲を見回すと、見覚えのあるスーツ姿の男性が柱の陰でスマホをいじっていた。

「慶《けい》ちゃん」

沙也の声に、その男性が顔を上げる。沙也を見つけると、待ち合わせの相手——松永《まつなが》慶太《けいた》が白い歯を見せ、こちらに向かって手を振って来た。

「沙也さん」

「ごめんね、こんな時間になっちゃって。結構待ったよね？」

するとは慶太は、いいよいいよ、と鷹揚な笑みを浮かべた。

「お互い様でしょ？　この前は俺の方が待たせちゃったし」

「でも、お店の予約とか」

「さっき電話した。コースとかじゃないから、大丈夫だって。ここからちょっと歩くんだ。ゆっくり行こう」

さすができる男、と茶化すと、慶太はまんざらでもなさそうに、目を細めた。きれいに切り整えられた慶太の前髪が街灯に照らされ、仄かなオレンジ色の光を纏《まと》っていた。

慶太とは、付き合い始めて一ヶ月になる。夏の初め、知り合いを介して開かれた食事会――平たく言ってしまうと、合コンで出会った。慶太は沙也よりふたつ年下で、この辺りでは割合有名な文具メーカーの商品企画部に勤めている。

隣の席になったはいいものの、慶太が年下であることから、しばらくは気後れしていた。当たり障りのない会話が続く中、ふいに、自分の勤め先の話題になった。

『俺、最近仕事でミスっちゃって、へコんでて。今日も、気分転換になるかなって思って参加したんです』

沙也さんはと聞かれて、入社して以来総務課で八年働いている、と言うと、驚いた顔をされた。

『働く女性って感じですね。格好いい』

自分の職業を明かした際、初めて見る反応だった。「総務」という言葉を出した時、相手の男性から返ってくるのは人間関係が大変そう、とか、仕事自体は楽でしょう、という言葉で、うっすらとその人自身の差別意識が透けて見えることが多い。それに憤りを感じたり、食って掛かったりするような年齢はとうに過ぎている。

思いがけない慶太の言葉に、そんな大した仕事じゃないですよ、雑用みたいなもんだから、と返すと、慶太は憤慨したように語気を強めた。

『もっと自信持ってください。総務課って、なんでも屋みたいに見られがちだけど、オールマイティーに仕事をこなせる総合職じゃないですか』

だから、そういうところでキャリアを積むって、すごく意味のあることだと思う。その直後、「……俺、ちょっと熱く語りすぎましたかね？」とはにかむ慶太を見て、照れ臭いような、それでいて誇らしいような、不思議と甘酸っぱい気持ちになった。

会の終わりに、その場にいた全員と連絡先を交換したものの、やり取りが続いたのは慶太だけだった。何度か一緒に飲みに行ったり、休日に出かけたりと繰り返していく内に、何回目かのデートで慶太から交際を申し込まれた。それからは度々、結婚をほのめかすような言葉も飛び出している。

今まで付き合ってきた男性の顔を思い返してみても、慶太は結婚相手として申し分なく、言葉は悪いが、良い物件だなと思う。性格は言わずもがな、外見もそれなりで、安定した企業に勤めている。慶太なら、優しくて理解のある良き夫に、そして良き父親にもなれそうだ。

とはいえ、沙也自身の父親の記憶は薄い。物心ついた時にはすでに、母親と二人きりの生活をしていたせいもある。昔、アルバムの写真に一枚だけ写っていた見知らぬ男性を、母が「あんたのお父さんだよ」と教えてくれたことはあったけど、どうにも実感がわかず、「ふうん」という感想しか抱けなかった。

父親の不在で、何かが損なわれたとは思わない。中学までは祖父母が生きていたこともあり、子ども時代に寂しい思いをすることはなかったし、お金に苦労したような覚えもない。誕生日には必ずプレゼントを用意してもらったし、お小遣いも同級生と変わらない額を与えてもらった。

母は根っからの仕事好きで、沙也の学費や家計はもちろんだが、自己実現のために働いているようなところがあった。沙也がある程度の年齢になってからは、積極的に休日出勤や残業を入れ、自分の会社に貢献しようとしていた。

『男の二倍働かないと、女は認めてもらえないから』

帰宅した母が、よく漏らしていた言葉だ。保険会社のセールスレディとして働いていた母は、家に帰ると真っ先にストッキングを脱ぎ捨て、足をソファに投げ出して、自分のふくらはぎをセルフマッサージする。投げ出された母の足は、いつ見てもふくらはぎと足首の区別がつかないくらいにむくみ、シップの跡が赤くこびりついていた。

子どもの頃は、そういうものなのか、と思っていた。しかし、自分が働き出してからは母の主張に疑問を感じるようになった。

別に、認めてもらわなくたっていいのに。

どれだけサービス残業しようと、高熱をおして出勤しようと、結果母が得たものは、同期の男性社員にようやく肩を並べるくらいの給料と一年の終わりに贈呈される「皆勤賞」の賞状くらいだ。果たしてこれが、母の言う「認めてもらえた」に値するのだろうか。そもそも、認めてもらう、とはどういうことだろう。

今となっては、誠実に社会と向き合おうとしていた母の気持ちを利用されていたんじゃないか、とすら思う。そして、そういう人は沙也の周りにもたくさんいる。おそらく、優紀もその一人だったんじゃないか。そういう人達の行き着く先が、望まない退職であるなら。

なら自分は、そこまでして認められなくてもいい。

母を尊敬はしているが、自分はきっと母親のようにはなれない。性別や職種以外にも、自分を軽んじたり、はなから蔑んできたりするような目は世の中にたくさんあって、すべてを真っ向から相手にしていたら、身が持たない。

それらを甘んじて受け入れる代わりに、もらえるものはきちんともらう。残業代もそうだし、有休だって残さず使いきりたい。人より得したいわけじゃない。損をしたくないだけなのだ。これは、そんなにもわがままな言い分だろうか？

「今日、帰る前に仕事押し付けられちゃってさ」

そう呟くと、慶太は手元のラムチョップに齧り付くのを止めて、顔を上げた。最近オフィス街に増えつつある、バルとレストランの中間のようなこの店は、慶太が以前職場の飲み会に使ったのだそうだ。週末は特に人気で、なかなか予約が取れないのだという。

「前に言ったじゃん、職場に戻って来た育休明けの人がいるって」

慶太に、今日の一部始終を説明する。

「やっぱり無理があるんだよね、ママさんと働くって」

思わず漏れたため息に、その人も頑張ってはいるんだけど、と慌てて付け足す。すると慶太が、同意を示すように頷いた。

「うちもいるよ、ママさん社員」

慶太はそう言って、骨付き肉を皿に置き、うーん、と天井を仰いだ。

「やっぱり難しいよね。どうしたって、周りの理解がいるし」

慶太の一言は、期待していた答えとは少し違っていた。沙也を慰めるようでいて、結局は、「ママさん」への理解が足りないんだと言外に責められているような。

「うん、それはわかってるんだけど。でも、理解にも限界があるっていうか。急な早退とかお休みとか。後、遅刻も多いし。赤ちゃんのことだから仕方ないってわかってても、現場の負担が減るわけじゃないじゃない？　気持ちが追い付かないよ」

無意識に、言い訳するような口調になった。

「いや、別にその、ママさんを責めたいとか、そういうわけじゃないいんだけど」

もごもごと尻すぼみになった沙也を見て、慶太が、「いや、わかるわかる」と取りなすように微笑んだ。

「……なんか、せっかく有休のこと認めてもらえたのに、全然職場の環境が良くならなくて。むしろ余計なルールが増えちゃったっていうか。それがちょっと残念で」

有休に関して総務課では、各々の付与日数に応じて管理職と面談を行い、毎月決まった日数を消化していく、という決まりになった。しかし、仁美がいつ急な休みを取るやもしれない状況もあり、始めたばかりの試みは今もまだ手探りだ。

しかも、仁美が始めた「挨拶回り」と「差し入れのお菓子」が独り歩きして、暗黙の内に義務化されつつある。今では、有休を取った人間もそのルールを踏襲するようになってしまった。今日も、帰り際に立ち寄った更衣室には、小分けのチョコレートやらクッキーやらお菓子が溢れ返っていた。

その上、今度は誰々が誰には挨拶をしなかったとか、何とかさんがお菓子を持ってこなかったとか、新たな火種がくすぶり始めている。近い将来、挨拶の角度や差し入れの値段にも文句がつきかねない雰囲気だ。

「働くママを応援、とかよく言うけどさ。応援する立場の人のこともちょっと考えて欲しいっていうか」

そこまで言ってから、慶太の表情が強張っていることに気づき、はっとして口を噤む。

すると、慶太が意を決したように口を開いた。

「俺、来期から会社の福利厚生を担当する窓口に異動することになったんだよね」

え、と顔を上げると、慶太は取り繕うような笑みを浮かべ、沙也さんと同じ、総務ってことかな、と付け加えた。

そうだったんだ、言ってくれれば良かったのに、と返すと、慶太は「ごめん、言い出しにくくて」と弱々しく呟いた。

「男が総務課って、なんか色々偏見があるような気がして」

思わず噴き出しそうになった。いつの時代の話をしているのだろう。偏見、って。以前は、自信を持てとか、総務課はオールマイティーに仕事をこなせる総合職だとか、熱弁していた癖に。

沙也が黙りこくっていると、慶太は仕切り直すように、「引き継ぎもあるから、今は行ったり来たりしてるんだけど」と言葉を続けた。

「でも、普通の部署にいたから出来ることもあるんじゃないかと思ってて。子育てしてる女の人が職場で辛い思いしてるのとか、間近に見てるからさ」

今度は慶太の、普通の部署、という言い方が気になった。総務課の仕事が「普通」じゃないみたいだ。

「そういう人達を助けようとした時にハードルになるのが、同じ職場の同僚、ってパターンで。お母さん達ばっかりずるいって声が上がって、上手くいかないんだ」

わかるでしょ、という顔で慶太が肩をすくめる。それに、どう返すのが正解なのかはわからなかった。

「でもさ、その子達だっていつかはお母さんになるかもしれないわけじゃない。自分がその立場になった時のことを考えたら、辛いと思うし。お互いに助け合って、協力し合っていかないと」

慶太の言っていることは、紛れもない正論だった。なのに、すんなり受けとめることができない。慶太の主張はどこか、内野が以前口にした「女の人にやさしい職場」と似ている。

「だから、えっと、沙也さんが訴えたっていう計画的有休消化？　すごくいいと思う。実現するまでは大変だったと思うけど、助かった人、たくさんいるだろうしさ」

確かに、内野の口から有休の件が発表された時、職場は盛り上がっていた。待ってた、とか、助かる、とか。かねてからの沙也の主張を知っていて、温井さんのお陰だね、と言ってくれる人もいた。

けれど、沙也はその言葉を素直に受け取ることはできなかった。今まで、沙也が有休の件を口に出したり、私用で有休を申請しようとした時に真っ先に文句を言っていたのは、彼女達だったからだ。

空気を読めていない、もっと周りに気を遣って欲しい。十分恵まれてるんだから、波風を立てないで欲しい。そんな風に陰口を叩かれていたことを、沙也が気づいていないとでも思っているのだろうか。

これと似たような状況を、知っている。高校生の時のことだ。沙也の高校は校舎が古かったせいもあり、空調設備が十分ではなく、夏はサウナ風呂、冬は極寒の地のような環境だった。そこで、当時学級委員を務めていた沙也が中心となり、学校側に改善を訴えたことがある。

ところが、いざ嘆願書を出す段になってから、盛り上がっていたはずの仲間達が急に及び腰になった。内申点や教師の心証が悪くなる、というのがその理由で、それから沙也が教室で浮いた存在になるのに、さして時間は掛からなかった。

騒ぎにかこつけ、沙也をただの目立ちたがりだとか、リーダーぶっていて嫌だとか、ここぞとばかりに悪口を言いふらす子達もいた。その陰で、覚えたての言葉を連発するかのように、「女子怖ぇ」を繰り返していた男子達の姿も。

しかし、沙也の声が教育委員会へと届き、教室にエアコンが設置されるとなると、クラスメイト達は手の平を返し、沙也を褒めそやすようになった。あの時と同じだ。

今回、何よりも引っかかっているのは、仁美のことだ。入社当時、私用で有休申請した自分をあんなにこっぴどく叱った仁美が、今は当たり前のように有休を使っている。そのことに、もやもやとしたものを感じてしまう。

誰に断りを入れるでもなく、理由を咎められることなく休みを取りたい、と思っていたはずだった。なのに仁美に対しては、こうなる前に一言断りが欲しかった、理由があればなんでも許されるわけじゃないのに、なんて思ってしまう自分がいる。

表情を曇らせた沙也を見かねてか、慶太は無理やり話をまとめるように、まあ、でもさ、と呟いた。皿の上には、食べかけのラムチョップが赤みを帯びた肉汁に身を浸し、無残な姿で横たわっている。

「結局そのママさんに対しても、お互い様って思うしかないんじゃないかな」

沙也さんも、いつか経験することかもしれないし。たしなめるように差し出された言葉を、今この場で突き返したくなった。

お互い様、なんて曖昧な言葉で誤魔化さないで欲しい。そうするしかない、なんて都合の良い言葉で、私達から選択肢を奪わないで欲しい。助け合うことも、協力し合うことも、本当に来るかもわからない未来にして欲しいわけじゃない。今、なのに。

しかし、それを口にすることはできなかった。そうだね、ありがとう、と返すと、慶太はほっとしたような笑みを浮かべ、これ、食いごたえあってすごくおいしいよ、とさりげなく話題を変えた。

結局みんな同じなんだ、としらけたような気持ちで思う。女を蔑み、その営みを遠まきに笑うことしかできない男達も、必要以上に女を怖れ、腫れ物のように扱うことしかできない男達も。そして自分もまた、他者から見れば同じ穴のムジナでしかないのかもしれない。


休み明け、事務室のドアを開けると、普段は朝いちばんにデスクに着いているはずの内野の姿がどうしてか見当たらなかった。どうしたんだろうね、遅出するって言ってたっけ。事務室に不安が広がる中、朝礼の時間になり、営業課の課長である岸が姿を現した。

「内野さん、あー、いや内野課長ですが、しばらくお休みとなります」

岸は営業課社員らしく、よく通る声であらましを話した。内野はこの週末、家族から自宅の屋根の修理を頼まれ、作業を行っている最中に、誤って二階から転落してしまったのだという。と言っても命に別状はなく、幸運にも足首を骨折する程度で済んだらしいのだが、ヘルニアを併発していることもあり、念のため長期休養を取ることになったのだそうだ。

なんとも内野らしい理由で、課内には無事を喜ぶ声と同時に、やや呆れているような雰囲気が漂った。内野は手術後、自力で歩行できるようになり次第復帰するとのことだったが、それでも松葉杖がつけるようになるまで、一ヶ月ほど掛かるらしい。

その間は上長不在ということで、岸が営業課に加え一時的に総務課も管理することとなった。顧客情報の取り扱いや企業対応の引き継ぎなど、業務上の連携が多いため、というのが表向きの理由だが、実際はこれ以上人員を割けない、というのが正直なところだろう。それからというもの、岸は毎日営業課と総務課のフロアを行き来している。

畑違いの業務のはずが、総務課メンバーの岸への評価は上々だった。元々、他部署のボスとして信頼のおける存在だったこともある。内野より判断も決裁も早く、指示が細やかだということで、一時はこのまま岸が総務課に残ればいいのに、という声すら上がっていた。

やがて、岸の兼任は総務課にある変化をもたらした。いくつかの業務が、岸の指示によりマニュアル化されたのだ。岸曰く、

「今後も、急な異動や休職は十分ありえる。女性の職場だし、いつ誰が産休に入っても

おかしくないから」

ということらしい。確かに、岸の言い分は正しい。総務の仕事は「マニュアルを作るほどでもない」業務の積み重ねで、仕事の引き継ぎは課員同士の口伝えに頼る部分が多かった。

実際、仁美が産休に入っている間に起こったシステムの改変については、残った全員が実践とともに仕様を覚えたようなところがあり、いざ仁美に以前からの変更点を踏まえて新システムの概要を伝える、となった時は、新人に業務を教える時よりも苦労した。慶太の言う「普通の部署」とは、こういうところが違うのかもしれない。

慶太といえば、前回のデートから顔を合わせる機会はぐんと減っていた。電話やメッセージのやり取りも、どことなくぎこちない。互いに仕事の忙しさのせいにしているが、それだけが理由ではない気がする。

一見して、慶太の態度に大きな変化はないように見える。しかし、沙也に仕事の話題を振って来ることは一切なくなった。沙也もまた、そういった問題について慶太と意見を交わすことを躊躇している。

仁美の職場復帰をきっかけに、何かが急速に変わろうとしていた。そして仁美自身もまた、内野の休職後に「変化した」人物のひとりだ。それまでは自身の立場に負い目を感じてか、殊勝な態度を貫いていた仁美だったが、岸が兼任した直後から、声高に労働環境の改善を訴えてくるようになった。

「就業時間に融通をきかせて欲しい」

「自宅で作業が進められるようにしたい」

「遅刻や早退した分は、昼休みを返上して業務に充てたい」

もちろん、すべての意見が通ったわけではない。現実的に考えて、今すぐ実行するにはハードルが高いものばかりだ。

しかし、いくら自分の申し出が撥ね付けられても、仁美がへこたれる様子はなかった。それどころか要求はエスカレートするばかりで、そんな仁美に対して、課内ではじわじわと不満の声が広がりつつあった。

批判の矛先はやがて、仁美の言葉に律儀に耳を傾け続ける岸にも向けられ始めた。今では、業務のマニュアル化も仁美にせっつかれたからじゃないかとか、子育て支援への取り組み自体が岸本人の人事考課に影響しているんじゃないか、という話がまことしやかに囁かれている。

沙也はそんな仁美の変化を見て、そういえば彼女は、産休以前から「人を選ぶ」のが上手い人間だった、ということを思い出した。

難航していた交渉事が仁美を介すとすんなり進む、ということが、ままあった。そういう時、仁美はなんの準備もなく、いきなり難攻不落の城に挑むような真似はしなかった。少しでも耳を傾ける姿勢を見せた人間から懐柔し、やがて相手をねじ伏せてしまう。

しかし、だからと言って仁美が頻繁に総務課の矢面に立つ、というわけではなかった。仁美が重い腰を上げるのは、ここぞという時だけだ。長い目で見ても、課全体に、ひいては自身が不利益を被りそうな時だけ。

沙也が入社してまもなく、総務課にも女性管理職を、という話が上がった時に最年長の仁美ではなく一年後輩の寺島都が課長補佐の座に就いたのも、そういう理由が背景にあったのだと思う。

きっと仁美は、今も人を「選んで」いるのだろう。そして、仁美が岸を「選んで」いるのだとすれば、それは仁美が是が非でも叶えたい要望であり、絶対に叶えられるという確信を持っている、ということだ。

スマホを開いて、ＬＩＮＥの未読メッセージを確認する。しかし、何度画面を開き直しても、そこに新たなメッセージは現れなかった。

『やっぱり俺達合わないのかな。前に話した時も思ったけど。仕事に対する考え方も違うみたいだし』

つい先日、慶太から別れ話を切り出された。慶太に休日出勤の予定が入り、久しぶりのデートの約束が流れてしまったことがきっかけだった。それも、ママさん社員のヘルプだと言う。このところは一緒にいても、仕事のメールだなんだとスマホをいじっていることが多い。それでつい、ぽろっと言ってしまった。

『たかが総務がそこまでしなくてもいいんじゃないの』

ちょっと拗ねただけ、のつもりだった。でも、その一言がお気に召さなかったらしい。沙也さんに何がわかるんだよ。ぴしゃりと言い返され、不毛な言い争いの果てに別れる、別れないの話にまで発展してしまった。

いつもなら喧嘩中でも「おやすみ」と「おはよう」の挨拶はかかさなかったのに、慶太はこの一週間、電話はもちろんLINEですら一通も送ってこようとはしなかった。よっぽど怒っているらしい。

このままでは自然消滅になりかねない、と慶太にメッセージを送ったのは、昨晩のことだ。しかし、いくら待ってみても、メッセージは既読にはならなかった。朝起きて画面を開くと、辛うじて既読のマークがついていたものの、返信はない。会社に着いてからも状況に変わりはなく、思わず深いため息が漏れた。

「私、もう無理かも」

更衣室で同僚の一人が声を上げたのは、始業前のわずかな時間だった。スマホから目を離して顔を上げると、同僚は思い詰めたような表情で唇を噛んでいた。

「米沢さんと働くの」

その瞬間、周囲の人間達がさっと顔色を変えた。それをきっかけに、更衣室はちょっとした井戸端会議の場と化してしまった。

最初の一人に同調する形で、わかるよ、つらいよね、と慰めの言葉を掛けていた相手が、実は私も、と新たな燃料を携えて、愚痴をこぼし始める。すると、それまで相槌に徹していたもう一人が、意を決したように口を開いた。

早退や遅刻が多い癖に、態度が大きい。

最近は、差し入れをすればそれで済むと思っている。

自分のミスを認めようとせず、「前はこうだった」を盾に誤魔化そうとする。

彼女らの不平不満には、数年前まで会社に勤めていた岸の奥さんが、仁美と先輩後輩の関係にあたるらしいとか、女同士の繋がりもあって、岸は仁美に頭が上がらないらしいとか、妄想の域を出ないものまで含まれていた。

「後ね、私聞いてみたことがあるの。何かして欲しいことはありますかって」

その言葉に、周りにいた全員が、うんうん、と神妙そうな顔で耳を傾ける。

「気を遣わないでください、私達、米沢さんのこと応援してますからって。そしたら」

応援とか、いちばんいらないや、って。

その言葉に、全員が半ば呆れたような顔をして、えー、何それ、と眉をひそめた。

「応援されるくらいなら、お金か時間が欲しいかな、だって。ひどいと思わない？　私それで、何も言えなくなっちゃって……」

身を乗り出して話に加わることも、我関せずを貫くこともできぬまま、さっきからずっと、微妙な立ち位置で相槌を打っている。どういうわけか、進んで仁美の悪口を言う気にはなれない。自分も、仁美に対しては思うところがあったはずなのに。

「後さ、米沢さんって定時近くなると全然電話取らなくない？」

その一言を受けて、誰かが苦笑交じりに、そうそう、と一際大きく頷いてみせた。

「この前、温井さんも電話押し付けられてたじゃん」

急に話を振られて、びっくりした。顔を上げると、同僚達がぎらついた目に期待の色を浮かべて沙也を見つめていた。

「あれはないよね。温井さん、あの後予定あったんでしょ？」

あ、でもあれは押し付けられたって言うか。歯切れの悪い答え方をすると、それを打ち消すように、どこからか、ひどーい、という声が上がった。言葉とは裏腹に、沙也の不運を面白がっているような声色だった。

「私達、このままじゃ一生定時に帰れなくない？」

「ちょっとずるいよね……。米沢さんばっかり」

「でもさ、私新人の時は米沢さんに結構怒られたんだけど。『三コール以内にとって！社会人の常識だよ！』って」

やや誇張した仁美の物真似に、弾けるような笑いが広がる。すると誰かが急に、ねえ、と声を潜めた。

「今度定時前に電話が鳴ったら、みんなで一斉に帰っちゃおうか」

そしたら、あの人が取らざるを得ないんじゃない？　物真似のノリを引きずったまま発せられたそれは、あくまで冗談の体をなしていた。そのアイデアに、やだ、ひどい、と笑い交じりの合いの手が入れられる。

しかし沙也には、その場にいる誰もが、瞳の奥に空っぽの空洞を映しているように思えた。そしてその空洞は、おそらく自分の目にも浮かんでいるのだろうと。

「おはようございます」

その声に、全員が慌てて後ろを振り返った。更衣室のドアを開けたのは、他でもない噂の中心人物――仁美だった。

「あ、おはようございまーす」

「そろそろ行かなきゃ」

「ヤバい、もうこんな時間？　朝礼始まっちゃうじゃん」

ある者は髪を整え、ある者はファンデーションのケースをポーチへとしまいながら、ぞろぞろと更衣室を去って行く。それまでの空気を知ってか知らずか、仁美は俯いたまま身に着けていたトレンチコートをハンガーに掛け、貴重品とともにロッカーの中へしまった。

沙也の脳裏に、再び高校生の頃の出来事が蘇った。

例の嘆願書が原因で、クラスから無視されていた時のことだ。教師から頼まれた仕事を終えて職員室から教室へ戻ると、さっきまで笑い合っていたクラスメイト達が急に口を噤んだ。

沙也が話しかけようとすると、みんなは示し合わせたかのようなタイミングでお喋りを再開し、一斉に教室を去って行った。何事もなかった、と言わんばかりの涼し気な顔で。

始業時刻までは、もう十分を切っていた。沙也もまた、ロッカーの扉を閉めて更衣室を出ようとする。仁美は、沙也と隣同士のロッカーを使っていた。

「……米沢さん」

沙也の口からこぼれた声に、仁美が制服から手を離し、驚いたように顔を上げた。新人の頃からの苦手意識もあり、沙也が就業時間以外で仁美に話しかけることは珍しかった。

何か声を掛けたいと思うが、言葉が上手く見つからない。謝るのも違う。不満を打ち明けるのも違う。では、何か仁美を励ますような言葉だろうか。子育てって、大変ですか。私にできることはありますか。

『応援とか、いちばんいらないや』

直接聞いたわけでもないその台詞が、自分の記憶のように呼び起こされる。

すると、頭に浮かぶどんな言葉も、今ここで口にするのは相応しくないように思えた。

随分急いで家を出て来たのだろう。仁美の化粧は最低限しか施されておらず、その顔には日々の疲れが滲み出ている。

「あの、えっと。糸くず、付いています」

結局、沙也の方から目を逸らし、苦し紛れにそんな台詞を吐いた。仁美の肩に手を伸ばして、ゴミを取り除く振りをする。その瞬間、今までに嗅いだことのないかおりがふわりと鼻をくすぐった。

「……取れました」

ぱっと指を弾く仕草を見せて、会釈と同時に踵を返した。更衣室のドアを開けようとした瞬間、仁美がふいに、温井さん、と沙也を呼んだ。

「ありがとう」

振り返った時には仁美はすでに、こちらに背を向けていた。普段は周囲を警戒するように強張った後ろ姿が、その時だけはどうしてか、頼りなさげに見えた。

席に通され、ラミネートの剝がれかけたメニュー表を目にした瞬間、懐かしさがこみ上げた。

この店はかつて、優紀と足しげく通った場所だった。最近はなんとなく足が遠のいていたのを思い出し、涙がこぼれそうになったのをなんとか堪えた。奥どうぞ、と後ろを振り返る。

「ここ、変わってないね」

そう呟いて、声の主――寺島都が席へと着いた。その台詞に、都にとってもここは優紀との思い出が詰まった店なのかもしれない、ということに思い当たる。そもそも沙也に「安くて美味しいパスタ屋がある」と教えてくれたのは優紀で、優紀もまた、「先輩に聞いた」というような言い方をしていた気がする。

すぐ横に止めたベビーカーの中では、都の娘がブランケットに包まり、すやすやと寝息を立てていた。授乳を済ませたばかりらしく、起き出すような気配はない。

「かわいい、ですね」

何の気なしに発した言葉は、ただの社交辞令のはずなのに、どうしてか嘘を吐いているような気分になった。子連れの知人と会っている時は、よくこういう気持ちになる。でも今日は、この人が相手だから余計に、なのかもしれない。

注文を終えると程なくして、沈黙が訪れた。しかし、都は無理に言葉を絞り出すでもなく、食前の水に口をつけた。都がコップを置くと同時に中の氷が崩れて、カランと音を立てるのが聞こえた。

どうしてこんなことになってしまったんだろう。

都の来訪は、数日前から職場でも話題になっていた。家族の海外赴任をきっかけに会社を離れ、渡米した都が、つい最近二人目を出産して日本に戻って来たらしいこと。実家に帰省するタイミングで、会社に顔を出すつもりらしいこと。

だから今日は午前中、何かと理由を付けて総務課を離れていた。事務室に戻ってきた時、都は丁度ベビーカーを押して、帰ろうとしていたところだった。正直、ほっとした。軽く挨拶をして、それで終わりのはずだった。

『温井さん、これからお昼?』

沙也の手に財布が握られていることに気づいた都は、自分の腕時計に目を遣り、さらりとした口調でこう尋ねた。

『今の時間だと、一人だよね。良かったら、一緒にランチでも行かない?』

周りからは、ずるい、私も行きたかったのに、という声が上がっていた。都はそれに対して、ごめんね、また連絡するから、と頭を下げ、一人一人の握手に丁寧に応じていた。

こういうところが苦手だった、と言ったら悪者になってしまうだろうか。しかしそれは、沙也の正直な気持ちだった。都には昔から、何もしなくても人を引き寄せるような、不思議な魅力があった。それは単純に仕事ができる、とか、面倒見がいい、とは別の、人徳とか人望としかいいようのないものだった。

「……これからはずっと、日本ですか」

食事はすぐに届いて、いそいそと食べ始めた。今日の日替わりパスタは、茄子とベーコンの醤油バター風だ。沙也の質問に、都はもぐもぐと口を動かしながら、うん、と頷いた。

三年にわたる旦那さんの海外勤務が終わり、来年度からは日本に戻って来るのだそうだ。育児のこともあり、夫婦どちらかの実家の近くに家を構えるつもりらしい。今日も、上の子供は自分の両親に預けて来たのだという。

ふと、仁美はどうなんだろう、と思った。今まで、仁美の口から両親や義父母の名前が出たことはない。少なくとも、保育園への送り迎えは仁美が一人で行っているようだ。何か頼れない事情があるのか。そもそも、仁美の旦那さんは育児に協力的なのだろうか。自分が仁美について、何も知らないことに気づく。

「米沢さん、復帰したんだってね」

急に名前を出されて、どぎまぎする。仁美は丁度、子どもが熱を出したとかで急な休みを取っていた。明日また、更衣室には新しいお菓子が増えることだろう。今日だって、都の来訪がなければ事務室はその話題で持ち切りだったはずだ。

「会いたかったな。お子さんのことも、色々話したかったし」

その台詞に、微かな違和感を覚えた。都と仁美は、そういう間柄だったろうか。沙也から見た二人は、職場ではいつも一定の距離を置いていたように思う。都が課長補佐に就いて以降、本来であれば先輩後輩であるはずの二人の立場が逆転したこともあるのだろう。都からしたって、仁美は決して扱いやすい部下ではなかったはずだ。

「……やっぱり辛いですか、ママさんって」

都はすぐには答えなかった。最後の一本まで綺麗にパスタを平らげると、スプーンとフォークを皿に置く。答えの代わりに、どうして？　と質問で返された。

「米沢さん見てると、その」

どう説明すればいいのかわからず、黙り込む。随分長い間口を噤んでいたけど、都は安易にその沈黙を埋めようとはしなかった。

昔からそうだ。自分の部下が仕事で失敗した時、都は決して頭ごなしに叱りつけたりはしなかった。その代わり、その部下が自分の言葉で語り出すのを、何分でも、何十分でも、待とうとする。そういうところも、苦手だった。

「なんか、よくわかんないんですけど」

もういいや、と思ったら、ようやく言葉にすることができた。

「だって私、結婚もしてないし子どもも産んでないから。だから、米沢さんの辛さとか、よくわかんないんです。ママさんだから仕方ないって言われても全然納得できないし、ムカつくし。ずっと、こっちばっかり我慢してるみたいな。損してるみたいな、そういう気持ちになって。だから」

だから私、ママさんなんて嫌いです。

そこで、声は途切れた。ひどいことを言っている。どう考えても、今母親であるこの人に言うべきことではなかった。それだけはわかる。

昼のピークを過ぎて静かになった店内に、ベビーカーのタイヤが軋む音が響いた。しばらくして、ふええ、とぐずついたような声が辺りに広がった。しかし慣れているのか、都にあせった様子はない。はいはい、と言って立ち上がり、

「ママさんだから、で片づけるのは、さすがにしんどくない？」

と呟いた。その言葉に面食らい、え、と聞き返すと、都はけろりとした顔で、だって無理あるじゃん、と笑った。

「それで全部納得できるなら、苦労しないよ」

抱き上げられた都の娘は、たがが外れたようにぎゃんぎゃんと泣き始めた。思わず耳を塞ぎたくなってしまうほどの大声だった。あたふたと目を泳がせることしかできない沙也に代わって、すみませーん、と都が頭を下げる。ゆりかごの要領で腕を揺らすも、あまり効果はない。

「だって、温井さんが我慢してるのも、損してるのも、『ママさん』のためにやってるわけじゃないんでしょ?」

泣き声に紛れて、都の口から飛び出したその言葉が、すとんと腑に落ちる。確かにそうだ。「ママさん」のために、電話を取ったわけじゃない。「ママさん」のために土曜出勤を代わったわけじゃない。

そして、許せないのもまた、「ママさん」ではない。仁美だ。自分達が仁美を許せないのは、それが仁美だからだ。さらに言うなら、仁美が早退するからでも、遅刻するからでも、定時きっかりに帰ってしまうからでもない。

早退するのが仁美だから。遅刻するのが仁美だから。定時きっかりに帰ってしまうのが仁美だから。仁美がママさんだから、ではなく、ママさんが仁美だから。新人の頃、自分をこっぴどく叱り、目くじらを立て、電話を取れと迫って来た仁美であることが。

あの時のクラスメイト達も、きっと同じような気持ちだったのだろう。沙也がリーダーだったからでなく、リーダーが沙也だったこと。それが、許せなかったのだ。

多分自分達は、いや自分は仁美自身を許せない限り、仁美が母になったことも、仁美が権利を主張することも、仁美に協力することも許せない。きっとずっと、許すことはできない。

でも、それに気づいたところで、どうすればいいのだろう。

いよいよ、赤ん坊の泣き声が大きくなり始めた。店内の客が、チラチラとこちらの様子を窺っている。すると、都が沙也を見つめ、「いないいないばあ、やってくれる?」と言った。

「え?」

「意外と効くから。私、両手塞がってるし。お願い」

そう言うや否や、こちらに向かって娘を差し出してくる。さっきまでの安らかな寝顔はどこへやら、赤ん坊は頬を真っ赤にして反り返り、ひきつけを起こすんじゃないか、と心配になってしまうくらいの勢いで泣きわめいていた。迷っている暇はない。自分の顔を両手で隠す。

「い、いな、いないいないいない、ばあ」

「駄目。まだ恥がある」

「いないいないない、ばあ」

「もうちょい」

「いないいないない、ばあっ!」

一際大きな声を出すと、赤ん坊がようやく沙也と目を合わせた。泣き声が止まる。しかし、すぐにまた、顔を歪めてしまう。すかさず、覚えたばかりの「いないいないばあ」を繰り出した。

そのやり取りを、十回近くは繰り返しただろうか、赤ん坊はようやく落ち着きを取り戻し、疲れたのか、再びうとうとし始めた。もう大丈夫、という都の合図を待って、ようやく椅子に腰を下ろした。

「子育てって、こんな感じ」

都がそう言って、どう？ という顔でこちらを見た。ヤバいですね、と呟くと、すぐさま、ヤバいでしょ、と返ってきた。

「店とか電車とかでああだと、もう死にたくなる。日本だと、特にかな。何やっても駄目な時もあるし、そういう時って全然かわいくないし」

でも、ほっとけないいんだよね。噛み締めるように、そう口にした。そういうものなんだよね、赤ちゃんって。かわいいからとか、かわいくないからとか、親だからとか、親じゃないからとかじゃなくってさ。

「なんかもう、この子が生まれてからずっと、試されてるって感じ」

何をですか、と聞いてみると、都は難しい顔で、うーん、とうなった後、

「道徳的価値観、とかそういうやつ」

と答えた。なんですかそれ、と噴き出すと、都はわかってないなあ、という顔をして、子育てなんて、善意の積み重ねでどうにか成り立ってるんだから、と唇を尖らせた。

「だから多分ね、周りの人間も試されてるのよ。母親だけじゃなくて、子育てに関わる

人全員」

都の言っていることは、わかるようでわからない。それでも、「だから、頑張って。元気でね」と差し出された都の手を、思ったより自然に握り返すことができた。

「……優紀にも、伝えてくれる？」

その言葉に、思わず顔を上げる。都はそれ以上、何も言わなかった。せっかくの休憩時間に、付き合わせちゃってごめんね。それだけ言って立ち上がると、沙也が財布を取り出そうとするのを制して、二人分の会計を済ませた。まごつく沙也をよそに、すたすたと店の外へ向かう。ベビーカーの操作は慣れたものだった。何か声を掛けたいが、すぐに言葉が出てこない。そんな沙也を見て、じゃあね、と都が手を振った。もしかして、これを伝えるために、都は自分を食事に誘ったのだろうか。考えすぎかもしれない、でも。

実のところ、もう何ヶ月も優紀とは連絡を取っていなかった。優紀は自分との、そして、以前の勤め先との関係を絶とうとしているのかもしれない。でも多分、それが自分達の今あるべき姿なのだろう。どうしてか、そんな気がした。

会社へと戻る途中、思わず身震いしてしまうような、ひんやりとした秋の風が薄手のコートの隙間をすり抜けた。その空気を吸い込んだ瞬間、つい最近、更衣室で仁美に近付いた時に嗅いだ匂いのことを思い出した。あの正体を、自分はもう知っている。

腕時計を見遣り、まだ少しだけ時間があることを確認する。このまま戻ってしまったら、仕事が終わる頃には怖気づいているかもしれない。彼が今日、代休で家にいることは知っていた。

「もしもし」

着信履歴からコールバックすると、相手は思いの外すんなりと電話に出てくれた。

「……私、沙也です。急にごめん」

すると、今日仕事じゃないの、と気遣うような声が聞こえた。昼休み、と答えると、そう、とだけ返って来る。それっきり、会話は途切れてしまった。確かに自分達は、合わないのかもしれない。仕事に対する考え方も、もちろん違うだろう。そして沙也には、慶太の仕事のことはわからない。慶太が沙也の仕事を、芯から理解することなどできないように。

「慶ちゃん」

しばらくして、うん、と返事がきた。電話口から響く、くぐもったような相槌が懐かしい。私達の「今あるべき姿」はどれなのだろう。わからない。自分達には、わからないことだらけだ。でもだからこそ、わかったような口を利くことだけはしたくない。

「慶ちゃんは、赤ちゃんの匂いって嗅いだことある?」

何を聞きたかったわけじゃない。ただ、慶太に伝えたかった。あの日仁美の体からふわりと漂った、あのかおり。酸っぱいような、それでいてほのかに甘みを伴っているような、不思議な匂い。もしかしたらあれは、仁美が出勤の直前までその手に抱いていた、赤ん坊のかおりだったのかもしれない。

その日の事務室は終業時刻が間近に迫り、にわかに殺気立っていた。その割に、課内全体に散漫な空気が漂っているのは、岸が一日総務課のフロアに姿を見せなかったせいだ。今日は本社への外出デーで、定例会議に参加しているという。

時計の針がぴったり六時を指そうとした瞬間、仁美がいち早くマウスを操作し、パソコンをシャットダウンし始めた。周囲がそれに気づき、それとなく目配せする。

事務室内の空気は相変わらずだ。今日も仁美は遅刻ギリギリに出社して来た。本来、始業時は余裕を持って事務室に入り、各自掃除などを進めることになっている。昔なら、仁美が率先して行っていた仕事だ。それに対して、不公平だ、という声が上がっている。仁美の課内での立場は日に日に悪くなりつつあった。

仁美は周囲の視線に気づいていないかのように、がさごそと通勤バッグを取り出し、帰り支度を始めた。一挙一動を見逃すまいと、いくつもの目が、仁美の行動を密かに監視している。

次の瞬間、事務室内の電話が一斉に赤く点滅し、少し遅れてコール音が鳴り始めた。

全員がぎくりと身を強張らせる。沙也は咄嗟に、仁美の席から目を逸らした。

仁美はいつものように、受話器へゆっくりと手を伸ばすだろう。しかし、なかなかそれを取ろうとはしない。そして、じっと音が途切れる瞬間を待っている。それを見たくなかった。

すると、三コール目が鳴ったところで、同僚の一人が声を上げた。

「すみません、予定があるので。お先に失礼します」

いつのまに支度を整えていたのか、彼女は立ち上がり、そそくさとこの場を去ってしまった。いつか、仁美のいない更衣室で計画した通りに。沙也はもちろん、全員が呆然とそれを見送る。そうこうしている内に、四コール目が鳴った。

「あの、私も……」

ためらいがちに、もう一人が手を上げる。それをきっかけに、私も、私も、と残りの課員達が、各々自分のデスクを片づけ始めた。すでに席を立とうとしている者もいる。仁美が、戸惑ったように辺りを見回す。仁美の手は、やっぱり受話器に添えられたままになっていた。

その間も、コール音は鳴り続けていた。いっそのこと、電話口の相手が諦めてくれればいいのにと思う。しかし、電話はなかなか切れる様子はない。せめて、岸がいれば。岸の目があれば、こんなことにはなっていなかったかもしれない。

コール音とコール音の隙間にぼそりと、それでいてふざけたように、「社会人の常識、ないね」と誰かが囁いた。その声に、はっと顔を上げる。ほとんどの人は、ひきつったような笑みを浮かべていた。この状況を、必死で茶化そうとするみたいに。沙也はもう、仁美の顔を見ることができない。

『なんかもう、この子が生まれてからずっと、試されてるって感じ』

ふいに、都の言葉を思い出した。

『道徳的価値観、とかそういうやつ』

『善意の積み重ねでどうにか成り立ってるんだから』

『だから多分ね、周りの人間も試されてるのよ。母親だけじゃなくて、子育てに関わる人全員』

自分は今、試されている、のだろうか。

仁美が復帰して間もない頃、会社から帰る途中、駅へと向かう仁美の姿を見かけたことがある。運動が得意ではないのだろう彼女は、あらんかぎりの力を振り絞り、これ以上ないほどのスピードで、街を駆け抜けていた。

あの時の仁美には一切の余裕がなく、髪を振り乱し、汗だくで、パンプスのヒールに足を取られながら、それでも走っていた。鬼のような形相で、歩道をヒールで突き刺すかのごとく、一歩一歩足を進めていた。

あの時胸を締め付けた気持ちを、なんと名付ければいいのだろう。

頑張って。無理しないで。どうかこの人が、電車に間に合いますように。

それらが、小指の爪の先ほども仁美を救いはしないことを、沙也は知っている。それでも祈らずにはいられなかった。あの気持ちが、今も沙也の胸を焦がしている。

次のコール音が鳴り始めた瞬間、沙也は弾かれるように受話器へと手を伸ばした。次の動作は、もう体に染みついていた。受話器を耳に当て、デスクの引き出しからメモを取り出し、ペンを握る。と同時に、引き絞られるような胃の痛みと、しゃんと背筋が伸びるような緊張感もまた、体が覚えていることを知った。

「はい、総務課の温井です」

ここ最近ではいちばん大きく朗らかで、明瞭な声を発することができた。それに、例えようのない嬉しさを感じる。迷うより先に、悩むより先に、初めからこうしてしまえばよかった。それでよかったのだ。

こっちがどんな状況だろうと、どんなタイミングだろうと、電話口の相手には関係ない。第一声だけはせめて明るく、はっきりと。これも、仁美から口を酸っぱくして言われてきたことだった。

それに気づいたら、思わず笑みがこぼれた。受話器の向こう側には聞こえないように、くすりと笑ってみる。それを、仁美がぽかんとした顔で見つめていた。まるで、子どもの送り迎えのことなど忘れてしまったかのように。

子育ては、善意の積み重ねでどうにか成り立っている。

確かに、都の言う通りなのかもしれない。私達はいつだって、こんな風に小さな善意を積み重ねることで、どうにかやっていくしかないのかもしれない。でも、と沙也は思った。できることなら私は、積み重ねられた善意の、その先にいきたい。

私があなたを嫌いでも、あなたが私を嫌いでも、お互いをお互いに嫌いなままで、それでも楽勝でやっていけるような、そういう場所にいってみたい。そういう場所で、働きたい。個人の善意、なんてものに寄りかからずに。そんな場所が、どこかにはあるだろうか。望めばそれを、作れるだろうか。そのために、できることはなんだろう？

はい、はい、と受話器片手に歯切れのよい相槌を繰り返しながら、沙也はこの電話を切った後の未来について、考えている。

もし明日、仁美とばったり更衣室で出くわしたら。沙也は自分から、仁美に話しかけてみたいと思っている。昨日は大丈夫でしたか。お迎え間に合いましたか。今、何に困ってますか。今更話したところで会話は弾まないかもしれないし、思うような答えは返って来ないかもしれない。それでも沙也は、いろんなことを、人伝えじゃなく仁美の口から聞いてみたい。

そして、それが上手くいったら次は、駄目元で提案してみよう。「挨拶回りと差し入れ、いっそのことやめにしませんか」と。仁美はそれに、なんと返すだろう。余計なお世話よ、と怒るだろうか。私もそう思ってたの、と喜ぶだろうか。どちらも想像できるし、どちらも違う気がする。どれが正解かは、聞いてみなくちゃわからない。

仁美に聞きたいことは、まだまだたくさんある。聞かれたいことも、たくさんある。私達には、話し合うべきことがたくさん、たくさん残されている。

親子の条件

一本、二本、三本。ああ、違う。あそこに四本目だ。

飲み切った缶を数えて、今日は三本しか飲んでいないじゃないか、と自分を褒めようとした矢先、テーブルの真下にひしゃげた空き缶が転がっているのを見つけた。

「ねえ、聞いてるの？」

その声に体を起こすと、佳苗《かなえ》が険しい目つきで慎太郎《しんたろう》をねめつけていた。ドスの利いた妻の声が、やけに大きくリビングに響く。聞いているのか、と問われれば間違いなく聞いている。しかし、なかなかそれに応えられない。

「聞いてりゅよう」

辛うじて吐き出した言葉は、情けないくらい呂律が回っていなかった。すると、佳苗がまた何事かわめき出した。でも、もうどうでもいい。体は鉛のように重いのに、五本目のビールを開けようとする指の動きだけは軽快だった。

プシュ、という気の抜けた音とともに、プルタブから泡が噴き出す。それを迎え入れるように口に運ぶと、さっきまで耳障りなくらいキンキンと空気を震わせていたはずの佳苗の声が、次第に遠ざかっていった。

点けっぱなしのテレビもそうだ。液晶画面に映る女性タレントの笑い声が、妙にくぐもって聞こえる。目に見えない、ぶよりとした感触の厚い膜が自分に纏わりついているかのようだ。きもちわるい。

すべてが曖昧模糊としたその世界で、ぐびり、と喉を伝ったビールの苦みだけが、やたら生々しかった。

仕事帰りに飲み屋をハシゴしたことが、そもそもの間違いだった。今月の目標達成を祝して、部下達が小規模なお疲れ様会を企画してくれたのだ。普段のストレスもあってか、営業課には何かと理由をつけて飲みたいだけの連中も多い。

互いの実績を褒め合うだけの温い会合だったこともあり、するすると酒が進んだ。そのせいか、一軒目の中盤からすでに、記憶があやしい。とはいえ、帰宅した時点ではまだ意識もあった。しかし今思えば、それが良くなかったのだろう。

風呂にでも入って寝よう、とリビングに足を踏み入れるや否や、自分の帰りを待っていたらしい佳苗と鉢合わせした。いっそのこと、会話もままならないくらい泥酔しておけばよかった、と思う。

とっくにご飯作っちゃったんだけど。連絡のひとつも寄越せないの？　ひとつひとつの言い方が、サンドペーパーのように鼓膜を撫でた。舌打ち交じりに冷蔵庫を開けて、常備している缶ビールを取り出し——、覚えているのは、そこまでだ。気づくと、佳苗は薄いこめかみに青筋を浮かべ、慎太郎を責める言葉をまくし立てていた。

「どうせ、仕事が入ってラッキーだとでも思ってるんでしょ」

「お酒に逃げるなんて最低だよ」

「お義父さんのこと、可哀想だとは思わないの？」

佳苗が言っているのは、現在介護施設に入所している義父――つまり、慎太郎の実の父親についてのことだ。本来ならば、今週末はお見舞いがてら、夫婦でその施設を訪れることになっていた。

ところが今月に入って急遽、懇意にしているメーカーの展示会に参加することが決まった。当初予定されていた参加メンバーにイベントの経験者が少なく、慎太郎がサポート役として参加することになったのだ。

仕事が入ったこと自体は嘘ではない。しかし、休日出勤の指示を受けた時に、ほっと胸を撫で下ろしたのも事実だ。これで父親と顔を合わさなくても済む、と。報告を受けた途端、烈火のごとく怒り出した佳苗もまた、そんな慎太郎の心の動きを察していたのだろう。

元々慎太郎の家族は疎遠で、自身の結婚式を最後に父とは十年にわたり連絡を絶っていた。異変に気づいたのは、父と同居していた母が亡くなった時だ。葬儀の打ち合わせで仕方なく顔を合わせて初めて、父の言動がおかしいことに気づいた。

佳苗のすすめもあり、嫌がる父をどうにか説き伏せ医者に診せると、以前から軽い認知症を患っていたことがわかった。結局、弟と相談した上で慎太郎が引き取り、介護施設に入所させることを決めた。五年前のことだ。

とはいえ、入所の段取りをつけて以来、父の面倒は佳苗に任せきりになっていた。佳苗は週末の度に車を回し、施設に通い詰めている。家族なんだから当然だ、と慎太郎に見せつけるように。

その間にも父の症状は進行し、今となっては自分の名前を言うのもおぼつかないらしい。足腰も立たなくなり、最近ではもっぱら車椅子生活だと聞いている。

「自分で下の世話もできないんだろ。俺の顔も覚えてないみたいだし、行く意味ないよ」

いつだったか、弁解にかこつけてそうこぼした慎太郎を佳苗は「冷たい」と責めた。

「もっとやさしくしてあげて。いくらひどい目に遭ったたって言ったって、家族じゃない」

佳苗の両親はともに健在で、佳苗自身が四十近くになった今も、年に一度は家族で旅行に行くほど仲が良い。恵まれた環境に育った佳苗には、自分のような人間の気持ちはわからない。

父は、自分の父親から受け継いだ金物屋をわずか二年で潰して以来、様々な職を転々としてきた。そして、慎太郎が物心ついてから独り立ちするまで、定職につくことはなかった。

元々、経営者としての才覚はもとより、堪え性のない性格だったのだろう。無職期間は始終飲み歩き、千鳥足で帰宅しては、家族に暴力をふるうこともザラだった。

何より嫌だったのは、酔いから覚めた父親が何も覚えていないことだ。自分を殴ったのと同じ手を床につき、「わざとじゃないんだ」と惨めったらしく許しを請うてくるのが許せなかった。いくら本人が認知症だからといったって、そう簡単に忘れられる話ではない。

親に対して申し訳ないとか可哀想と思えるのは、その感情に足るだけの肉親を持った人間に許された特権のようなものだと思う。そう思えること自体、恵まれている証拠なのだ。佳苗にそれを理解しろというのは、無理な話なのかもしれない。

ずっと厚い膜越しに聞こえていたはずの音声が、ガシャン、という物音とともに途切れた。視線を落とすと、目の前に潰れた空の缶が転がっている。落としたのだろうか、それとも自分が投げつけたのだろうか。

顔を上げると、佳苗はこちらを見つめたまま、声も出さずに涙を流していた。自分に向けられたまなざしに、感情の色は見えない。逆に、こちらの気持ちを見透かされているような気分になる。

「……もう遅いから、寝るよ」

気圧されるように、ようやくそれだけを口にした。いつの間にか、さっきまでどっぷり浸っていたはずの酒気が、体から抜け始めていることに気づいた。リビングの扉に手を掛けた瞬間、佳苗がうわごとのように呟いた。

「あなたは職場の上司としては優秀かもしれないけど、家庭を持つ夫としては最低だから」

さして新鮮味のある言葉ではなかった。今までにも手を替え品を替え、同じような台詞をぶつけられてきた。それは慎太郎の中で、あるいは夫婦の間で、ショッキングなものではなくなっている。それ自体人として間違っているのだろうし、自分達はすでに、夫婦としての機能は果たしていないのかもしれない。


次の日、二日酔いの体を引きずりながら会社へ出勤すると、デスクの上に見覚えのない紙箱が置かれていた。包装紙には流れるような書体で、温泉饅頭、と書かれている。慎太郎の出社に気づいた部下の尾上《おのうえ》が、元気よく声を掛けてきた。

「あ、それ総務課からです。さっき、挨拶しに来てましたよ」

内野さん今日からなんですね。尾上の言葉に、そうだった、と思い出す。総務課は、つい最近まで管理職の人間が不在となっていた。課長である内野が、骨折とヘルニアの手術で入院していたためだ。

その間、慎太郎が一時的に兼任で上長を務めていたため、饅頭はそのお礼といったところだろう。

「これ、朝礼の後でみんなに回してくれるか。俺は最後でいいから」

そう言って箱を渡そうとしたところで、あ、と気づき、手早く包装紙を破り捨てた。丸めてゴミ箱へと放り込む。しかしすでに、尾上の視線はゴミ箱に向けられていた。後で声を掛ければよかった、と小さく舌打ちをする。

「てか、いいんですかね。これ」

尾上が慎太郎の後悔に気づいた様子はなく、苦笑気味に目配せをしてきた。

「温泉行く暇あったら、早めに復帰して欲しかったっていうか。こっちにも影響がなかったわけじゃないし……」

気持ちはわかるが、目の前で包装紙を破いた意味を察して欲しかった。尾上は、普段は明るく、素直な性格のムードメーカーだ。しかしその分、不満がそのまま口を衝いて出てしまうタイプでもある。

「課長だって大変そうだったじゃないですか。総務課と営業課の兼任ってあんま聞かないし」

尾上の言う通り、ここ一ヶ月は慎太郎自身、営業課のフロアから席を外す機会が多く、部下の話を聞いてやる余裕もなかった。これも、兼任による弊害のひとつと言えるのかもしれない。

「あ、別に内野さんがどうこうっていうんじゃなくて。その、単純に、人が足りないわけだから。本社が人員を補充してくれればよかったのにっていう……」

慎太郎の視線に気づいたのか、急に歯切れが悪くなった。今更撤回できると思っているところが、愚かしくもあるし、かわいくもある。今回の人事の動きを、すんなり本社のせいにしているところも。いや、わかるよ、となるべく柔らかな口調で語りかけた。

「お前にも迷惑掛けちゃったもんな。今回の件は、俺の見通しも甘かったんだ。こんなにバタつくと思ってなかった。本社の奴らにも、しっかり言っとくべきだったと思う」

悪かった、と頭を下げると、尾上が、いやそんな、と恐縮そうに肩を縮めて首を振った。

「でもさ、みんなのおかげで助かったよ。達成率だって先月と変わらなかったし。マンパワーが減った中で数字をキープできたってのは、ひとりひとりが今まで以上に結果を出してくれたってことだろ？　数字は同じでも、そこはちゃんと評価するつもりだから」

「……じゃあ、ボーナス弾んでください」

その言葉に、馬鹿、下期はまだ始まったばかりだよ、と尾上の肩を小突くと、ちぇっと口を尖らせた。この調子の良さは、営業マンとしてはある意味貴重だ。

「つーか、そういうのは昨日言ってくださいよ」

「やだよ。飲みの席だと、言った方も言われた方も次の日には忘れるだろ。それじゃ意味ねえじゃねーか」

その言葉に、やっぱできる人は違うんすねえ、と変に感心された。

『岸さん、飲みに行っても説教とかしないじゃないですか。そこ、結構ポイント高いと思うんですよね』

課を行き来していた時に、総務課の温井沙也から、ぽろりとそんなことを言われた。鵜呑みにするわけではないが、気をつけていることはある。接待の場は別として、飲みに仕事の話は持ち込まない。自分が部下を持つ立場になった時に決めた、密かなルールだ。

少なくとも、自分が新人時代にされてキツかったことは、部下にはしない。酒席の口約束ほど信じられないものはない。お前を昇進させてやる。本社に掛け合ってやる。上には俺から言っておくから。どれも、一度として果たされることはなかった。

説教も一緒だ。酔いに任せて人格否定に近いことを言われても、言った相手は覚えちゃいない。翌日反論したところで、飲みの席のことだからと、体よくいなされてしまうだけだ。酔っぱらっていたから仕方がないんだと、言い訳されるのは腹が立つ。父親を見ているようで。

そして、そういう言葉を吐く上司に限って、いざという時は頼りにならない。昔から、飲みニケーションという言葉は嫌いだ。部下を褒めるのも叱るのも、素面《しらふ》の時に限る。

これが家でもできればいいんだけどな。

一瞬そんな考えが頭をよぎったものの、すぐに追いやった。

「じゃ、それ頼むよ。俺ちょっと、総務課に顔出してくる」

椅子から立ち上がったところで、あ、と思い出し、振り返った。

「俺、昨日大丈夫だったか」

その言葉に、尾上が首を傾げる。

「ちょっと飲みすぎちゃったみたいでさ。あんまり記憶なくて。俺、変なこと言ってないかな」

そこまで言って、ようやく合点がいったかのように、尾上は、ああ、と頷いた。

「全然ですよ。なんか、陽気な感じで良かったっす。ってか、覚えてないんすか？」

そっちの方がヤバくないすか、と笑い飛ばされて、ほっとする。自分の酒癖の悪さは自覚している。その分、気をつけてもいた。この事業所に来てからは特に。

本社時代はもっと酷かった。加減がわからず、起きた時には路上で寝転がったり、見知らぬ人の自宅で眠りこけていたり。接待の席でトラブルを起こしてしまったこともある。

とは言え、職種柄まったく酒を飲まないというわけにもいかず、経験を重ねて、ある程度コントロールを覚えたはずだった。それなのに。表情を曇らせた慎太郎を気遣ってか、尾上が慌てたように言葉を重ねた。

「ほんと、大丈夫っすよ。あ、ほらえっと、今年の送別会。あれの後じゃどんな酔い方しても霞むっていうか……」

尾上はそう言って、足元のゴミ箱にちらりと視線を遣った後、しまったという風に慎太郎から目を逸らした。そして、あ、じゃあこれ回しときます、と頭を下げて、そそくさ離れて行った。

『岸は、酒さえ飲まなきゃいい奴なんだけどなあ』

いつかの、内野の言葉が頭に蘇った。その頃すでに地肌の面積を広げ始めていた内野のつむじと、顔に浮かんだ気弱そうな笑み。それは、決して人を出し抜いたり出来なさそうな、かつての上司の笑顔だった。


慎太郎が入社した時すでに、営業課に配属された新人は入社後数年を本社で過ごし、その後地方の事業所へ転属させられる、という教育システムが確立していた。本社に戻れるかどうかは、地方での頑張り次第だ。

当時はまだ社長が代替わりする前で、今よりも社風は昔気質だった。今同じことをしたら、その多くに何かしらの名前がついて問題となってしまうだろう。営業課の慣例となっていた飲み会での無茶も、そのひとつだ。

一気コールも、上司が勧めてくる酒のチャンポンも、当然のように横行していた。飲みの席でのあらゆる失敗事は、この時に一通り済ませたと言っていい。あれが良い時代だったとは決して思わない。父親の影響で酒に苦手意識のあった慎太郎にとっては、特に。

あの頃、課内で唯一慎太郎の味方になってくれたのが、内野だった。どうしても断れない飲みの席で、慎太郎に勧められた酒を代わりに煽り、急性アルコール中毒を起こして救急車で運ばれたこともある。

内野は、自分も若い頃は苦労した、という前置き付きで、慎太郎に有益なアドバイスをしてくれた。

『自分が酔うより先に、相手を酔わせちゃえばいいんだ』

そのために、上司のグラスの残りには人一倍気を遣え。酔ってしまえば、相手は部下が飲んでいようがいまいが気にしなくなる。そうなったらこっちのもんだ。

それ、自分が偉くなったら使えないやつじゃないですか。

慎太郎がそう呟くと、内野は恐る恐るといった様子で、「お前、そんなに偉くなるつもりなの？」と聞き返してきた。

出世競争とはまるで無縁そうな口ぶりに、慎太郎は思わず笑ってしまった。内野は、そんな慎太郎を怒るでもなく、きょとんとした顔で目を瞬いていた。

内野は当時から、良く言えば親しみやすく、悪く言えば威厳のない上司として周囲から舐められていた。その頃次期社長と謳われていた人物の一派に身を置いていながら、どの派閥の人間にもへこへこと頭を下げるので、「お調子者」とか「プライドがない」と揶揄する輩もいたようだ。

しかし、慎太郎には何故か内野を悪く言うことができなかった。それは、内野が病院に運ばれた時、ベッドの横で平謝りに謝る慎太郎に対して彼が言った言葉が、頭の隅に残っているからかもしれなかった。

『俺は元々、こういう役回りだから』

だからあんまり気にするな。励まそうとしてくれていたのか自分に言い聞かせていたのかは、その表情からは読み取れなかった。諦めたような、それでいて自分の人生を悟ったような横顔に、かけるべき言葉が見当たらなかった。

それから十年後、この職場で内野と久方ぶりに再会した。相変わらずたとえ話が下手で、威厳の欠片もなく、人によっては卑屈にも見える、へらへらした笑みを浮かべていた。内野がかつて所属していた一派は、次期社長候補の失脚によりすでに解体されていた。あの年齢で地方送りにされる、という人事がどういう意味を持つのか。その答えは、誰の目にも明らかだった。

しばらくすると内野には、「お調子者」や「プライドがない」に加えて、「ウッチー」や「給料泥棒」といった新しいあだ名が付けられるようになった。

いつだったか、そんな内野に対して、尾上が聞こえよがしに陰口を叩いたことがある。あの時は、感情に任せて尾上を叱責してしまった。

でも、本当に怒っていたのは、内野に対してだったのかもしれない。できることなら、言ってやりたかった。あんたはいつまでその「役回り」とやらに甘んじているつもりなんだ、と。

「だから、前から言ってるじゃないですか」

階段を下りて総務課のフロアに足を踏み入れると同時に、そんな声が聞こえてきた。思わず、壁の向こうに耳を澄ます。

「あの、えっとまあ、それはそうなんだけど」

「ママさんがどうとかじゃなくて。これ、総務課メンバー全員からのお願いですから」

「お願いっていうか、会社側が果たすべき義務」

「それ、それ。米沢さん、たまには良いこと言う」

「……悪いけど、あなたいつも一言余計だから。社会人としてどうなの、それ」

声の調子から言って、温井沙也と米沢仁美の二人だった。どちらも、総務課の中では気が強いメンバーだ。特に仁美の方は、総務課の生き字引のような存在で、他部署からも恐れられている。

会話の流れからいって、どうやら二人にやり込められているらしい。おそらく、休暇にまつわる話題だろう。少し前まで犬猿の仲だったはずの二人だが、「課内の有休未消化数ゼロ」を目標に、いつの間にか意気投合したようだった。

さぞ困っているだろうと、内野に助け船を出すつもりで事務室の扉を開けた。

「あ」

いち早く慎太郎の姿を見つけた沙也が、声を上げる。それに気づいた内野が、壁に立て掛けた松葉杖に手を差し伸べ、立ち上がろうとした。それを押しとどめ、退院おめでとうございます、と頭を下げる。

「えっと、なんか揉めてました?」

わざと笑顔で聞いてみると、沙也と仁美は顔を見合わせ、いや別に、と声のトーンを落とした。二人とも、自分にはそこまで強く出てこない。

思惑通りに事が運んだ。それに安堵する反面、一連の様子を見ていた内野が、あからさまにほっとした表情を見せたことに、微かな苛つきを覚えた。そういうところが他人に付け込まれるんだよ。そんな台詞が喉まで出かかる。

「……朝礼前にすみません。引き継ぎ漏れがないかと思って。あと内野さん、あれ」

ありがとうございます、と指で小さく饅頭の箱の形を作る。内野はしばらく経ってから、あ、いや、こちらこそ、と挙動不審な返答をしてきた。

あの差し入れにしたってそうだ。あんなにもでかでかと、温泉名が載ったパッケージの差し入れを選ばなくてもいいと思う。なにも、温泉に行ったことを責めているわけじゃない。

怪我やヘルニアに効く温泉を家族が見つけてくれたのかもしれないし、休養していた場所がたまたま温泉に近かっただけかもしれない。しかし、いくらなんでも配慮がなさすぎる。余計なやっかみを増やしてしまうだけだ。

すると内野は、いやいや、と手を振った後、

「あれ、美味しいでしょう。あそこの温泉が腰に良いって娘が教えてくれて」

と、いかにも幸せそうな顔で、でれでれとした笑みを振りまいた。こういうところだ、と思う。

「え、課長休みの間、温泉に行ってたんですか？　この大変な時期に？」

沙也が耳ざとく、その単語に食い付く。

「あ、いやその。奥さんの母方の実家が温泉地に近くて、それで」

「家族自慢とかいいですから」

沙也の反応にようやく事態を悟ったのか、内野は療養の一環というか、とか、みんなにもお土産はあるし、などとたどたどしい言い訳を口にし始めた。しかし、こうなって

しまってはもう、沙也も仁美も聞く耳を持たない。

「何それ、ずるーい。私も行きたい」

「やっぱり、一年に一回は全員が連休取れるようにした方がいいと思います」

「そうそう。これ、課長も例外じゃないですから。そしたら平等ですよね？」

思ってもみない方向に話が転がり始めた。弾みがついたらしい二人の勢いは止まらない。しばらくして、言われるがままになっていた内野がようやく口を開いた。

「いや、なんというか、その。女性が元気な職場は良いね」

ピントの呆けた発言に、沙也と仁美が肩透かしを食らったかのような顔で押し黙った。

それを知ってか知らずか、内野は自身の腕時計に目を遣り、悪い、引き継ぎの話はまた後で、と慎太郎に向けて手を合わせた。確かに、ゆっくり話をするような状況ではない。始業時刻まで二分を切っている。仕方なく、また後で、と歩き出したところで、岸さん、と呼び止められた。

「俺のいない間、本当にありがとう」

振り向くと、内野はこちらに向かって上半身を折り曲げ、頭を下げていた。その両脇で、沙也と仁美もまた、小さく会釈をしている。うちの上司がすみません、というように。内野の礼は、まだ足に力が入らないせいか、酷く不格好な体勢だった。

いつだったか、同じように礼を言われたことがある。確か、送別会の前日の出来事だ。

出し物の準備を控え、練習に励んでいた内野に声を掛けたのは、純粋な応援の気持ちからだけではなかった。

　飲みの席とはいえ、自分の発言により、おそらくは不本意な出し物を披露する羽目になった内野への、贖罪の気持ちだった。その上、おそらくはあの時の練習が原因で腰を痛め、入院する騒ぎにまで発展してしまっている。

　それだけではない。内野の休職中、本社から補塡人員の必要の有無を問われ、周囲に根回しした上で、必要なしと回答した。会社の売り上げ自体が右肩下がりの今、経営陣が人件費のカットを最優先にしていることは明らかだった。

　兼任候補には、自ら手を挙げた。総務課は今年に入って以降退職が重なり、ミスが頻発している。仁美が下期より産休から復帰したことで、さらなる混乱がもたらされることが予想された。

　コストカットに貢献し本社への貸しを作ることと、総務課へのテコ入れに成功することで、やがては自身の昇進に繋がるだろうという打算があった。結果的に、自分は内野を利用したのだ。世話になったかつての上司を。

「えーっと、本日から復帰することになりました」

　廊下に出ると、内野の挨拶が始まったらしく、大きな拍手がそれを包む。ドア越しに聞こえて来る女性達の声は、心なしか華やいでいるような気がする。なんだ、ちゃんと喜ばれているじゃないか。そのことに、ほっとする。

「入院中は、娘が口をきいてくれるようになりまして。これもまた、不幸中のラッキーと言いますか、二階からぼた餅と言いますか……」

そういえば十年前、見舞いに訪れた自分を病室に迎え入れてくれたのは、内野の妻らしき女性と、おそらくまだ小学校に上がる前の小さな女の子だった。女の子は見舞い中、片時も内野の傍を離れようとはしなかった。

あれが、内野にとっては自身の「役回り」を引き受けんとする、揺るぎない理由なのだろう。そして、内野の言う会社での「役回り」もまた、自分が部下だった頃とは、少し意味合いが変わっているのかもしれない。


佳苗は元々、慎太郎と同期入社で同じ営業畑の人間だった。男女雇用機会均等法が改正され、会社でも営業課に配属される女性社員が増え始めた頃のことだ。

と言っても、まだまだ女性社員への目は厳しく、そうでなければ、何かと腫れ物に触るような扱いをする上司も多かった。職場で涙を見せようものなら、これだから女は、と心無い言葉を投げる同僚もいたし、それが原因で早々に退職を決断する女性もいた。

そんな中、佳苗は毅然としていた。どんなに辛い局面でも、涙を流すようなことはなかった。職場での振る舞いは控え目で、取り立てて我が強いというわけではなかったが、筋が通らないと思えば絶対に首を縦には振らなかった。

そのせいで、男性の、特に年配の社員からは「扱いづらい」と思われている節もあった。けれど、ぶれない佳苗の姿勢は着実に顧客の信頼を摑んでいったし、それは営業成績にも反映された。次第に、女だからという理由で佳苗を貶《おとし》める人間はいなくなった。結果、入社三年目にして、女性初のグループリーダーを任されるまでになった。

そういう佳苗の意志の強さに、あるいはタフさに、慎太郎は惹かれた。小さな頃から父親に虐げられ、理不尽な暴力に苦しむ母親の姿を見て育った。父親に非があることは誰の目にも明らかだったが、その一方で母親も、そんな父親から離れることはできなかった。

『だって、仕方ないじゃない。お母さん、ひとりじゃ生きていけないし』

それが母親の口癖だった。経済的にも精神的にも、自立することができない人だったのだと思う。けれど、佳苗は違った。

「女だから仕方ない、とか言いたくないんです」

いつだったか、普段の仕事ぶりを褒めると、そんな答えが返って来た。私には、努力ぐらいしかできないんで。そう言って、佳苗は笑っていた。裏を返せば、努力は自分を裏切らないということを信じているのだ。その健全な心のあり様が、慎太郎には眩しかった。

それから、仕事終わりに二人きりで食事に行ったりと、プライベートでともに過ごすことが増えた。佳苗もまた、慎太郎に好意を抱いてくれていることがわかったし、社内でも似合いのカップルだと評判だった。

二年の付き合いの末にプロポーズを受け入れてくれた時、出会って初めて佳苗の頬を涙が伝う様を目にした。

「男の人の前で泣くのって、恥ずかしいじゃない」

泣き笑いの表情を浮かべる佳苗を見た時、心からこの人を選んでよかった、と思えた。

その確信に揺らぎを覚えたのはいつだろう。佳苗の実家を訪ねた時、目の前に突如現れた「普通の家庭」に作り物じみた感覚を抱いた時だろうか。佳苗の両親を前に、自身の家族の有様を、面白おかしく語った時だろうか。どの事実も少しだけ、真実からは遠ざけて。

二人の結婚式を、例によって酒に呑まれた父親がめちゃくちゃにしてしまった時だろうか。あるいは一部始終を見ていた弟が、俺は一生結婚しないとくだを巻いた時か。

それとも結婚して数年が経ち、妊活を理由に職場を辞めた佳苗との間に子どもを作ることを諦めた時だろうか。もしかしたら、病院のカンファレンスルームで医師の説明を聞きながら、心の中ではその事実をすんなり受け入れていた時かもしれない。

今となっては、何がきっかけなのかはわからない。そのどれもが理由になり得る気もするし、どれもが的外れである気もする。

この十年の間に、佳苗は変わった。佳苗の心から、少しずつかつての健やかさが失われていくのがわかった。なんでもないようなことで泣くようになった。急に癇癪《かんしゃく》を起こすことも増えたし、むやみやたらに慎太郎を責め立てることもあった。これも佳苗からすれば、慎太郎が変わった、ということになるのかもしれない。

自分にも原因の一端があるとわかっているのに、涙を流す佳苗を見ていると、苛々する。慎太郎が好きだったのは、毅然とした顔でデスクに向かう佳苗の姿だ。

あの頃の思い出を他でもない佳苗自身の手で汚されたような気持ちになって、目の前のこの女をぐうの音も出なくなるほど言い負かしたい、ぺしゃんこになるまで痛めつけて、いっそのこと何もかも、全部めちゃくちゃに壊してしまいたい、という衝動に駆られる。

でもその数分後には、そんなことを考えている自分はまるで父親みたいだと恐ろしくなり、佳苗に申し訳ない、死んでしまいたいとまで思ったりもする。そして最後には、もう何も考えたくなくなって、記憶をなくすまで酒を呷るのだ。

「課長、昨日大丈夫でした？」

その声が耳に届いただけで、割れるように頭が痛んだ。慎太郎を見た尾上が、うわ、顔真っ青すよ、と声を上げる。

「……大丈夫だよ」

「いや、全然大丈夫じゃないっすよ。隈、すごいっす。半休取った方が良かったんじゃないすか」

心配してくれているのはわかるのだが、甲高い声が妙に癇に障る。その感情が伝わったのか、尾上はむっとした顔をして、口を噤んだ。

「なあ、尾上」

声を掛けると、明らかに機嫌を損ねたような声音で、なんすか、とぶっきらぼうな答えが返って来た。

「俺、昨日大丈夫だったかな」

慎太郎のその問いに、尾上は何故かショックを受けたような顔をした。少しして、困ったように目を逸らす。課内にいるはずの誰もが、その質問に答えてはくれなかった。

昨日は各チームを新たに編成し直してから一ヶ月が経ち、決起会の名目で飲み屋へと赴いた。そこで、日本酒やワインをチャンポンするという、学生でもしないような飲み方をしてしまった。どちらも決して得意ではないのに。

おかげで、朝の目覚めは最悪だった。目を覚ましたのは、いつもなら家を出ている時刻の五分前で、慌てて身支度を整えた。昨晩帰宅した時の記憶はない。佳苗とは、会話のひとつでも交わしたろうか。気になりつつも、隣のベッドには声も掛けずに家を出た。

『どうしちゃったんですか、最近。ストレス溜まってるんですか？』

連日の慎太郎の様子を見て、部下達は皆一様に同じ反応を見せる。このところ毎晩のように、退館時間ギリギリまで残業した後社内に残っている者を誘い、酒場へと繰り出していた。そして終電の間際まで、場合によっては夜が明けるまで酒を飲む。

意識がある状態で家に帰ると、決まって佳苗と口論になる。それが嫌だった。口も利けないほどずぶずぶに酔っていれば、軽蔑の目を向けられることはあっても言い争うことはない。佳苗を泣かせずに済む。そう考えると、これは佳苗のためでもあるのだ。

どうせならこのまま、一生酔っぱらっていられればいいのに。最近は、気がつくとそんなことばかり考えている。

気が大きくなり、調子の良いことを嘯く。

呂律の回らない口で、支離滅裂なことを言い出す。

時には声を荒らげ、物に当たることもある。

会社の同僚から、初めて自分の醜態を聞かされた時はぞっとした。子どもの頃嫌というほど目にして、嫌悪していたはずの父親の姿そっくりだったからだ。でもそれも、ずっと昔のことのように思える。

最近では、少し冷静に物事を考えられるようになった。自分と父親は、全く別の人間だ。だって自分は、仕事をしている。二十年もの間、仕事を続けている。

ずっと父親のような生き方だけはしまいと、こつこつ真面目に生きてきた。血の滲むような努力をしてきた。大学に入った時もそうだし、就職先を決めた時もそうだ。弟の学費だって、母親の入院費だって、自分が稼いだ。

職場の人間とも、常に上手くやってきた。父親は、人とコミュニケーションが取れない性格だった。いつも人間関係が原因でトラブルを起こし、最後には職場を辞めさせられるはめになった。自分は父親とは違う。それは確かだ。なのに、どうして酒だけがやめられないのだろう。

昨日、座敷の隅で酔い潰れていると、耳元でこそこそと話す部下達の声が聞こえた。うっすらとこちらを覗き込む影が、瞼の裏に映り込んだような気がした。

『寝ちゃったの?』

『うん』

『はい、終了終了。誰が送ってくの?』

『やだよ、俺。何時までここに置いといてくれんのかな』

『つーか、最近ひどくない?　どうしちゃったんだろ』

『いや、前からだよ。酔うといっつもこんな感じじゃん』

『さすがにちょっとキツいわ。終電で帰れない時あるし』

雲行きの怪しくなった会話の行く先を無理やり遮るかのように、誰かが気遣わしげな口ぶりで、それを言った。

『でもまあ、酒さえ飲まなければ良い人だから』

あれは、誰の声だったんだろう。そこで再び、記憶は途切れた。目覚めてから思った。

『お酒さえ飲まなければ、お父さんは良い人だから』

幼い頃、母親が慎太郎に向かって放った言葉だ。まるで自分に言い聞かせるような口調だった。

本当は良い人なんだから、仕方ないの。

それは、周囲の人間を納得させるための台詞であると同時に、自分のことも安心させてくれる、魔法の呪文だ。酔っぱらっている時は仮の姿で、本当の自分は良い人なのかもしれない。気休めだとはわかっていても、そう思うだけで心のどこかが軽くなる。

現に、働いている時の自分は幾分ましだ。電話が鳴れば取れるし、プレゼンもできる。上司の信頼を得て、部下には頼られる。仕事があって、本当に良かった。心からそう思う。自分は、仕事に救われている。

結果、以前よりも仕事に心血を注ぐようになった。目標達成のための新たなプロジェクトチームが発足してからというもの、休日出勤でもなんでも自らこなした。さらに、総務課を兼任していた時から目をつけていた、メンテナンス会社への委託業務を整理した。

仕事は楽だ。努力した分だけ、それが現実に反映される。自分の行いが実を結ぶ、わかりやすい世界だ。でも、世の中にはそう上手くはいかないこともある。例えば家族。例えば酒をやめること。

佳苗は、すべてが仕事のように努力で報われると思っている。それが間違いなのだ。努力したって叶わないことはある。仕方のないことはある。それをわかって欲しくて、でも上手くいかなくて、それもやっぱり、「仕方のないこと」なのかもしれない。


その日、珍しく休日出勤は入れなかった。目覚めると、時計は昼の一時を回っていた。寝室に佳苗の姿はない。重い体を引きずりマンションを出た。駐車場を覗くと、車がない。おそらくまた、父親の施設へと足を運んでいるのだろう。

冬の空は眩しくて、ダウンコートを首元まで閉め、太陽を避けるようにしてコンビニへと向かった。購入したのはビールとチューハイ、乾き物だけ。ありがとうございました、と自分を送り出す学生らしき女の子の笑顔に、何故だかいたたまれない気持ちになった。

家に着くと、ごく自然な動作でプルタブに手を伸ばした。指先に力が入らない。何度か試行錯誤した末、どうにかそれを口にする。喉を伝い落ちる酒の味は、苦いだけで決して美味しいものではないのに、手が止まらなかった。

　このまま、二度寝してしまおうか。そんなことを考え始めたところで、意識が飛んだ。夢の中で、車のエンジン音を聞いた気がした。やがて、ガチャガチャと鍵を鳴らす音も。ふと、妙な臭いで目を覚ます。気づくと、椅子から転げ落ちた自分を見下ろすように、佳苗が仁王立ちしていた。その表情は、逆光でよく見えない。

「……おかえり」

　言うや否や、唇の端から唾液がこぼれた。慌てて口元を手で拭う。トレーナーの襟ぐりは、自分の涎で汚れていた。どうにか立ち上がろうとして、足の裏が濡れていることに気づく。また、缶を落としてしまったのだろうか。

　少しして、それが自分の勘違いであることに気づいた。股間を中心に、下半身に纏わりついたスエットは重く、すでに冷たい。辺りに立ち込める、すえたような臭い。やってしまった。

「あ、あ」

　状況に気づいた時、そんな言葉を発することしかできなかった。狼狽する自分を、佳苗がじっと見つめている。

「あの、これ、ごめん」

　言えば言うほど、自分が惨めになっていくのがわかった。

「脱いじゃってくれる」

え、と聞き返すと、機械的に佳苗がそれを繰り返した。脱いじゃってくれる、服。突き刺すような視線が、慎太郎に向けられた。言われるままに下を脱いだものの、どうしていいかわからず、そのまま椅子に腰を下ろす。

「……ごめん。俺、その、ここまで飲むとは思ってなくて」

気まずい沈黙の中、そう口には出してみたものの、反応は薄い。ねえ、と佳苗の顔を覗き込み、思わず息を呑んだ。

「それ」

佳苗の目の周りをぐるりと囲むように、青い痣が出来ていた。よく見ると、ところどころ黄色味もあるパンジーの花のような大きな痣だった。

「俺が、やったの」

思わず、そう口にしていた。その瞬間に言葉は現実味を帯びて、さっと血の気が引いて行くのがわかった。

ぐうの音も出なくなるほど。ぺしゃんこになるまで。いっそのこと何もかも、全部めちゃくちゃに壊してしまいたい。あの後ろ暗い欲望の行方。

なあ、と佳苗の肩を揺さぶる。すると、こらえきれなかったかのように佳苗が噴き出した。一度笑い出すと止まらないらしく、佳苗はいつまでも、乾いた笑い声を発し続けた。あっけに取られたまま、それを見つめる。

「馬っ鹿みたい」

佳苗はそう言って、慎太郎を指さした。いい大人がパンツ一丁で何やってるの。馬鹿みたい。その言葉にしばらく呆然としていたものの、はっとして、笑い事じゃないだろ、と睨みつける。

「だって、それ」

「あなたじゃないわよ」

佳苗は少し躊躇うように間を置いた後、お義父さん、と呟いた。別にたいしたことじゃないの。時々、暴れちゃうだけ。色々混乱してるみたい。昔のこととか、思い出して。でも別に、わざとじゃないんだし。

「わざとじゃないって言ったって」

あの親父のやることだ、そんなのわからないよ。そう吐き捨てると、佳苗はすっと冷めたような目で、そうだね、と呟いた。

「あなたの父親だもんね」

その言葉に、どういう意味だよ、と思わず声を荒らげた。しかし佳苗はそれにたじろぎもせず、静かな口調で、「同じだよ」と言い切った。

「あなただって、変わらないじゃない。前言ってたよね。お義父さんのこと、下の世話もできないって。あなたとお義父さんと、何が違うって言うの？」

そこまで一気に言うと、力を使い果たしたかのように、フローリングの床へと座り込んだ。リビングが重苦しい沈黙に包まれる。

「……この痣、いつ出来たと思う」

質問なのかただのひとりごとなのか、わかりにくい口調だった。慎太郎が答えるより先に、佳苗が答えを口にする。一週間前だよ。

「一週間の間、お岩さんみたいに腫れて、引っ込んで、赤いのが青くなって、黄色くなったの。その間、あなた気づきもしなかった。隣のベッドに寝てるのに。そんな馬鹿な話、ある？」

答えられずにいると、佳苗が先に口を開いた。まるで、白旗をあげるように。慎太郎にはそれが、佳苗の降伏宣言であるかのように見えた。慎太郎への――あるいは、二人の結婚生活への。

「離婚して」

反射的に何か言葉を返そうとする。しかし、それを遮るように佳苗はぶんぶんと首を振った。

「だって、おかしいじゃない。おかしいよ。私の顔に痣が出来てて、俺がやったの、なんて。そんなこともわからないなんて、絶対おかしい」

俺だって、おかしいと思ってた。だからどうにかしたくて、でも、どうにもならなかったんだ。そう続けようとした。なのに、上手く言葉にならない。それをわかっているのだろうか。佳苗が笑う。あなたは悪くないよ、と。

「あなたは悪くない。ただ最初から、諦めてただけ。家族から、逃げてただけ。努力することを、放棄しただけ」

努力。またこの言葉だ。でも、家族と仕事は違う。努力じゃどうにもならないこともある。自分が酒から逃げられないように。世の中には、仕方のないことがある。

「努力しても、子どもはできない」

声が震えた。それでも、佳苗の表情は変わらなかった。

「私はあの時、もっと頑張りたかった。努力、したかった。諦めよう、なんて言われたくなかった」

はっきり、そう口にした。傷つけるつもりで言って、なのに自分も傷ついてしまったような、そんな言い方だった。

『もう、諦めよう。これ以上、俺達が苦しむ必要ないよ。仕方なかったんだ』

自分がそれを口にしたのは、その言葉で佳苗が救われるかもしれないと思ったからだ。そして本当は、自分も救われたかったからだ。決して、傷つけたかったわけじゃない。たくさんの言葉が溢れかけて、どうにか押しとどめ、ごめん、とだけ呟いた。

「……でも、俺も。わざとじゃなかった」

そう返すと、佳苗はまた、くすりと笑った。そうだね、けど。

「私、お義父さんのそれは、まだ信じられる。でもあなたのは、もう無理」

そう言って、リビングの窓ガラスに目を遣る。慎太郎もまた、佳苗の視線の先を追う。

佳苗は泣いていなかった。

その代わり、ベランダ越しに青い空が見えた。窓の向こうから日の光が降り注ぎ、冷たい冬の空気が目に見えるようだ。自分はこの風景を一生忘れることはないだろう。何故だかふいに、そんなことを思った。


決して、酔っていたわけじゃない。

それだけは、断言できる。意識は正常だった。記憶だってある。周囲の人間は、誰ひとり信じないだろうが。

その日、慎太郎は福田工業株式会社の社長に飲みに誘われていた。古い付き合いの取引先や近親者を集めて、一足早い忘年会を執り行う、とのことで、その場には内野も同席していた。

『福田の親父、酔うと性質《たち》悪いからなあ』

会へと向かう途中、内野がそんな風にぼやいていたのを覚えている。

少し遅れて到着したこともあり、会場はすでに宴もたけなわとなっていた。主賓の元へと向かうと、社長はすでにへべれけに酔っ払い、何人かの部下を集めてくだを巻いているところだった。

やれこの会の段取りが悪い、酒を注ぐタイミングが悪い。最近の若者はなっていない。俺が若い頃は云々。その言葉遣いはなんだ。俺のことをなめているのか。謝れ、証拠を見せろ、土下座しろ。

普段電話口で聞いているいちゃもん紛いのクレームとなんら変わらない。周囲も慣れているのか、どんどん飲ませて潰してしまおうという魂胆らしい。うんざりした表情を見せながらも、社長に逆らうでもなく、言われるがまま酒を注ぎ続けていた。

先に断っておくと、慎太郎があんな行動を起こしたのは、酒断ちに苦しむ中常に頭を殴られるような痛みに襲われていたから、ではない。つい一週間前、社長からいつものクレームが入ったおかげで休日出勤がかかってしまったから、でもない。そのせいで、佳苗がいつのまにか家を飛び出したことに気づけなかったから、でもないと思う。

『あ』

雲行きが変わったのは、ため息にも似た社長の一声だった。社長の声の先にいたのは内野で、内野は頭に小さなグラスを被り、少ない頭髪をビショビショに濡らしていた。それを見て、場の空気が固まるのがわかった。

『悪い、悪い。わざとじゃねえんだ』

社長はにやにやと笑いながら、それだけを口にした。おーい、次の酒持ってこい。そんなことを言っていた気もする。事件の瞬間を慎太郎は見ていなかった。だから、何がどうなって今の状況が生まれたのかもわからない。

そんな中、内野はどういうわけかにこにこと笑っていた。頭のグラスをテーブルの上に戻し、社長のお猪口空いてるよ、早く早く、と周囲に向かって呼び掛け始めた。あ、はい、と若い社員が立ち上がる。

それをきっかけに、何事もなかったように再び時間が動き始めた。髪の毛からスーツから、ぴちゃぴちゃと滴を垂らしたままの、内野の外見を除いて。

口を開きかけた瞬間、何を察したのか内野が慎太郎の腕に手を添えた。いいから、黙ってろ。そう説き伏せるように。遠い昔、病院のベッドの上で見た時と同じ表情を浮かべて。

それで逆に、覚悟が決まった。

颯爽と立ち上がり、社長の元へと近づいた。今日は一杯も酒を飲んでいない。おかげで頭は痛いが視界は良好だった。予告なく胸倉を摑んだ瞬間、勢いで社長のシャツの釦《ボタン》がはじけ飛んだ。社長がぽかんと口を開けていた。

その奥に、きらりと銀歯が光るのを見た。周囲の人間達は、何が起こったのかわからない、という顔でこちらを見つめていた。ひどく静かな光景だった。

次の瞬間には、拳を振り抜いていた。しかし、それと同時に何かに邪魔されたという感覚と、ちりりと爪を焦がすような痛みが、指先を走り抜けた。

社長がふっ飛び、派手に床へと倒れ込んだ。テーブルの上の皿やコップが滑り落ちる。何枚もの陶器が割れる音と、きゃっ、という女性社員の叫び声が遅れて耳に響いた。

『何やってんだ！』

その声に、はっとして我に返る。内野が信じられないような目でこちらを見ている。よく見ると、内野の頬には何かでひっかかれたような赤い線が引かれていた。先程の痛みを思い出し、自分の指へと視線を動かす。自分の爪がぱくりと割れていた。

内野は戸惑ったような表情のまま、しかし意を決したように口を開いた。

『……酒の席でも、許されることと許されないことがあるだろう』

それは、慎太郎が初めて聞く内野の怒声だった。なのに決して、怒鳴るような怒り方ではなかった。静かに諭すような声だった。

『俺、酔っぱらってて』

絞り出した自分の声は、ひどくかすれていた。

『それでついカッとして、やっちゃいました。すみません』

言いながら、深々と頭を下げる。しかし、当の社長は床に転がったまま起きて来ない。

社長、社長、と血相を変えて社長の元へと集まった社員達が、何かに気づき、あ、と声を上げる。

『寝てる』

続けて、社長の鼻の穴からこれ以上ないほど大きないびきが聞こえ出した。

その翌日、慎太郎は会社に辞表を提出した。覚悟の上のことだった。しかし、それが受理されることはなかった。当の社長が酔っぱらっていて覚えていない、というのだ。どうやらその裏では、内野が何かしらの口利きをしてくれたらしい。

とはいえ、目撃者はゼロではない。このままうやむやにはできないだろう。おそらく次の人事で、どういう形でかはわからないが制裁が待っている。甘んじて、受け入れるつもりだ。

「岸さん、お待たせいたしました」

そのアナウンスに顔を上げ、よいしょと立ち上がる。受付で、着替えやタオルを預けた。最初の頃は、すべての衣類にマジックで名前を書くというルールを知らず、受付で大量に名前を書き足すことになった。見かねた周りの入所者達が手伝ってくれたのも、今となっては良い思い出だ。

渡り廊下を通って談話室へと向かう。老人達が何十人といるはずのその場所は、いつもとても静かだ。すぐ隣に、死の気配があるせいかもしれない。テレビを見る者、長椅子で横になる者。ただぼうっと虚空を見つめる者、ひとりぼっちのお喋りに没頭する者。

すぐに父親は見つかった。近くまで駆け寄り、車椅子を押していた職員に挨拶を済ませ、バトンタッチしてハンドルを握る。

『俺のこと、わかる?』

最初に顔を合わせた時、声を掛けてみると、父親は無表情のままもごもごと口を動かし続けた。もしかしたら名前を呼んでくれるのかもと期待して待ってみたけれど、結局面会を終えるまで自分を息子と認識しているのかすらわからなかった。

面会の日は、決まって父の車椅子を押して施設の中庭を散歩する。今日は寒いのでダウンジャケットを着せて、膝にブランケットを掛けてやった。見上げた空は広く、どこまでもうろこ雲が広がっている。

久しぶりに再会した父親とは、肉親というよりも近所の老人に会うような感覚で接している。そう思うと、逆にてらいなく会話をすることができた。といっても、父親の反応はほとんどない。時々、獣のような唸り声を上げるだけだ。それを相槌ととらえることにしている。

今までにも、たくさんのことを話した。佳苗が家を出たきり、戻ってきていないこと。離婚届が送られて来たこと。けれどいまだに、判は押していないこと。荒れ果てたリビングで、自分のように酒をやめられないサラリーマンや主婦達が集う、自助グループのパンフレットを見つけたこと。苦手だった掃除が、今では少しだけ得意になったこと。こうして施設に足を運ぶまで自分が何を思い、どんな日々を過ごしたか。

慎太郎は、とりとめのない日常の話を父親に聞かせ続ける。

その合間に父の顔を覗いてみても、相変わらず返答はない。唇の間から、泡を噴かしているだけだ。それを用意していたタオルで拭う。

ぐるりと中庭を一周して、個室へ戻ろうとすると、何やら父親が暴れ始めた。声にならない声を上げ、苦悶の表情を浮かべている。なんとかなだめようとしたものの、車椅子から飛び出してしまいかねないほどの力だった。慌てて、職員の元へと連れて行く。

「すみません、急に苦しそうにし出して」

そう言って父親の顔を見ると、今度はすっかり落ち着いていた。穏やかな表情を浮かべている。あれ、おかしいなあ、と首を捻ると、職員の女性は、ああ、と頷いた。

「それ、多分おしっこです」

全部出ちゃったんでしょうね、すっきりした顔してる。オムツ替えちゃいましょうか。そう言って、父親を車椅子からベッドへと移動させた。てきぱきとした動作に無駄はない。

女性が下半身に手を掛けたところで、いつもならさりげなく部屋を出ていた。パジャマの裾から覗く棒のような足が、怖かったからだ。今日はなんとなく、このまま同席させてもらっていいですか、と口にしてみた。

面会人が変わったことに、何か察するものでもあったのだろうか。女性は、お父さんに聞いてみてもらえますか、と答えた。その言葉に戸惑いの反応を見せても、お父さんもわかってますから、と笑みを浮かべるだけだ。

それを受けて、迷いながらも父親の耳元に声を掛ける。

「あの、親父。ここにいるけど。いい?」

すると、父親の口が再びもごもごと動いた。小さく顎が動いたように見えた。自分の錯覚かもしれない。しかし、職員の女性はそれを見て安心したように、大丈夫そうですね、と頷いた。慎太郎と位置を交代し、手早く父親のズボンを下ろす。

「こんなに大人しくしてくださるの、珍しいんですよ」

ウェットティッシュや換えのオムツを準備した女性が、慎太郎に声を掛けた。

「皆さん、こういう状況すっごく嫌がるんです。当然なんですけどね。こんなところ他人に見られたい大人、いないから。介助に慣れていない方が、いちばん最初に苦労するところなんです」

これぱっかりは、努力だけじゃどうにもならないもんね。

そう言いながら、女性がオムツに手を掛ける。ぐいとそれを下げた瞬間、なんとも言えないかおりが、ぷあん、と辺りに立ち込めた。空気にさらされた父親の足は、想像していたほど気味の悪いものではなかった。

ポツポツと白いものが交じり始めたすね毛に、巻き貝のような爪。そして、股の間にぶら下がったしなびたなすびのようなそれは、多少面変わりはしていたけれど、確かに子どもの頃父親と風呂に入った時に目にしたものに間違いない。

大量、大量。汚れたオムツ片手に、女性がそう言って笑う。まるで、赤ん坊を褒めるみたいに。決していい匂いとは言えない。けれど何故か、懐かしい。慎太郎は息を吐いて、少しだけそれを吸い込んだ。

輪になって踊ろう

かおりには、よく見る夢がある。

夢の中のかおりは子どもで、レトロな体操着に袖を通し、フォークダンスに臨もうとしている。頭上に広がるのは、晴れ晴れとした秋の空。それを横断するように、色とりどりの三角旗が掲げられ、運動会の開催を告げている。

流れている音楽は、夢の度に違う。例えば、マイムマイム。例えば、オクラホマミキサー。校庭には大きな人の輪が出来ていて、それがぐるぐると途切れることなく回っている。人が入れ替わり立ち替わり、何度もペアを替えながら。音楽に合わせ、たくさんの子ども達がステップを刻むその姿を、一人でじっと見つめている。

そう、かおりは輪には加わっていない。少し離れた位置から、それを見ている。何度か、その輪に入ろうとする。でも、入れない。怖いのだ。自分がそこに足を踏み入れたことで、輪が崩れてしまうんじゃないかと思うと、足が竦《すく》む。

でも、輪の中に自分が入れていないことも恥ずかしい。不安になり、体操着の裾を手で触る。そうしていると、少しだけ落ち着く。だからかおりの体操着は、いつも片側だけがびよんと伸びて、ひどく不格好だ。

するといつの間にやら、フォークダンスの「輪」は、ぐるぐるぐるぐるそのスピードを速め、人が回っているのか、風景が回っているのかわからなくなり、気持ち悪くなって気を失いかけた頃、最悪の気分で目を覚ます。

夢の中で流れていた音楽は、目覚めてからもかおりの頭の中で鳴っていて、起きてしばらく経ってから、ふいに口ずさむこともある。寝ぼけ眼で陽気なメロディを鼻歌で歌い、それからようやく気づくのだ。ああ、あれは夢だったのだ、と。

重い瞼を開けると、時計の針はすでに午後の三時を回っていた。途切れ途切れではあったものの、明らかに寝すぎだ。このところ、生活リズムはすっかり崩れてしまっている。

優に十時間以上は寝ているはずなのに、体はしんどく、頭はぼんやりとしている。節々が痛い。なんとかベッドから這い出て、パジャマ姿のまま一階へと下りる。

「かおちゃん、起きた？　おはよう」

居間でテレビを見ていたらしい母は、かおりに気づくと慌ててソファから立ち上がった。子どもの頃から健康にうるさく、寝坊や夜更かしには特に目くじらを立てていた母だが、最近は何時に起きようと文句のひとつも言ってこない。

ちらりとテーブルを見遣ると、栃木の陶器市で作家買いをしたという母自慢の食器セットの上に、スクランブルエッグやウインナー、ヨーグルトに季節の果物、昨日の筑前煮やフライの余り、さらには焼うどんが載っていた。

かおりの視線に気づいたのか、「お母さんもまだ食べてないのよ、一緒に食べようか？」と気遣うような笑みを浮かべた。母の顔は、少し疲れているように見えた。

「ううん、いい。ちょっと、出かけてくる」

本当は、リビングで一緒に朝食（昼食かもしれない）をとって欲しかったのだろう。けれど、あまり気乗りがしない。食事中にあれこれ聞かれるのはもちろん、それをはぐらかしたり、当たり障りのない答えを用意するのも億劫だった。

「……だから、おにぎりとか握ってもらってもいい？」

とはいえ、自分への気遣いを無下にすることは気が咎めて、最後にそう付け加えると、母は弾かれたように顔を上げた。

「はい、はい。お安い御用ですよ。今日も図書館？　気分転換も必要よね。お日様の光を浴びるのは、健康に良いって言うし」

一人で勝手に喋り続ける母を置いて、洗面所へと向かう。顔を洗い、軽く歯磨きをして、外出用の服に着替えて戻ってくると、母はすっかり元気を取り戻していた。

「これ、かおちゃんの好きな明太子。もうひとつは、昆布の佃煮が入ってるから。お漬物も添えてあるけど、足りる？　もうちょっとおかずも詰めようか？」

ううん大丈夫、と首を振り、お弁当箱を受け取る。その間も、母のお喋りは止まらなかった。

寒いからコート着て行きなさい。夕方は冷え込むから、ホッカイロ忘れないでね。そうだ、温かいお茶でも淹れようか。お母さん、この前ちょっといいほうじ茶もらったから。かおちゃんも飲むでしょ？

「……お茶、いらない」

「あら、なんで。本当に美味しいのよ、いっぺん飲んでみればいいのに」

自分を労わってくれているはずの母の言動が、どれもこれも癇に障った。最低限の返答だけして、リビングを出る。玄関先で、じゃあ行ってきます、と振り返ると、母は上がり框《がまち》のすぐそばから、いかにも心配そうな顔でこちらを見つめていた。

「かおちゃん、無理しないでね。お父さんもお母さんも、かおちゃんの味方だから。とにかく今は、ゆっくり休んでね」

どうしてだろう。自分の為を思って言ってくれているのに、思わず怒鳴り返したくなった。少し黙っていて欲しい。放っておいて欲しい。それが今のかおりの、素直な気持ちだった。

しかし、それをそのまま口に出したら、取り返しがつかなくなってしまうような気がした。どうしてかはわからない。結局、喉まで出かかった言葉をぐっと飲み込み、母から逃げるように家を飛び出した。

キンと冷えた冬の空気が、住宅街に満ち満ちている。空は青く、雲ひとつない快晴だった。しかし時折、身を縮めずにはいられないような木枯らしが吹きつける。素直に母の言うことを聞いて、ホッカイロを持ってきた方が良かったかもしれない。

住宅街を通り抜け、駅へと続くポプラ並木に沿って歩く。時折スマホをポケットから引っ張り出し、時間を確認して歩調を速めた。図書館は家から徒歩十分圏内にある。しかし、かおりが目指しているのは図書館ではなく、すぐ隣の緑地公園だ。

真向かいにあるコンビニでペットボトルのお茶を買ってから、公園へと立ち寄った。寒さのせいか、普段に比べて人が少ない。しかし後一時間もすれば、学校帰りの子ども達で騒がしくなるだろう。

かおりは奥のベンチへと一直線に向かった。いつもより到着は遅れたが、それでもまだ少し余裕がある。腰を下ろし、おにぎりを取り出したところで、

「かおりさん」

背後から声を掛けられた。驚いて振り返ると、長谷川千尋《はせがわちひろ》がにやにやと笑いながら、こちらを見下ろしていた。どうやら、物陰に隠れていたらしい。動揺しているかおりを尻目に、千尋はよっこらせ、とベンチを跨《また》いで隣に腰かけた。

「あれ、ちーちゃん？　どうしたの、今日」

慌ててスマホの時計を見遣る。学校が終わるには、まだ一時間近くある。しかし千尋は、さてどうしてでしょう、と訳知り顔のままだ。

「え、何。もしかして、サボり？」

するとと千尋はぷっと噴き出し、んなわけないじゃん、と肩を竦めた。

「ヒント。しゅ・く・じ・つ」

ヒントと言いつつ、かおりが答えまでたどり着くことを早々に諦めたのか、あっさり答えを口にした。そこでやっと、千尋がいつものランドセルではなくスポーツブランドのリュックを背負っていることに気づいた。

「曜日感覚ないって、社会人として駄目じゃない？　あ、かおりさん今無職だっけ」

「……無職じゃなくて、休職中」

身も蓋もない言い方に抵抗を示したものの、似たようなもんじゃん、とにべもない。

しかし、不思議と腹が立つことはなかった。少なくとも、腫れ物に触るかのような母の態度よりは、はるかに心地良い。

「そっか、祝日か。でもその割に、今日公園子ども少ないんだね」

「だって、寒いし。こんな日に外、出ないよ。子どもは風の子、とかあれもう古いから。もはや都市伝説レベル」

現代の子どもは家でゲームでもやってんじゃん、とニヒルな笑みを浮かべ、どこか他人事のように呟いた。自分だって子どもの癖に、というツッコミは口には出さないでおく。

とはいえ、千尋は小学生とは思えないほど大人びている。もちろん、話し方だけではない。ちょっとした表情もそうだし、体つきだってそうだ。

千尋は今日、クリーム色のピーコートの下に、丈の短いプリーツスカートという出で立ちをしていた。スカートから伸びた足はただ長いだけでなくほっそりしていて、けれど柔らかな曲線を描いている。

カモシカの実物を見たことはないが、文脈からしてきっとこういう足のことを言うんだろうな、と思う。よく子どもは女の子の方が発育が良い、というが、小学五年生の女の子というのは誰しもこんなにスタイルが良いものなのだろうか。

いつだったか、何の気なしにそれを口にしたら、千尋は「別に普通じゃん」と言ったきり、黙り込んでしまった。ちーちゃん姿勢がいいからかな、と言うと、かおりさんが猫背すぎるんだよ、と返された。素っ気ない態度に怒らせてしまったのかと心配していたが、今思えば照れていたのだろう。

「ねえ、どうする？　かおりさん、先にご飯食べちゃう？　私はそれでもいいけど」

しかし、千尋はそわそわと自分のリュックをお腹に抱え、「それ」を出すのを待ちきれない様子だった。

「ううん、後でいいよ。私もちーちゃんの、見たいし」

言いながら、自分のトートバッグに手を突っ込み、中を探る。まさぐった先に見つかった「それ」をぎゅっと摑んだ。千尋もかおりの動きに合わせて、リュックの中に手を差し入れた。

「はい、じゃあ準備オーケー？」

「うん、オーケー」

せーの、とじゃんけんをする要領で、互いに自分の拳を突き出した。タイミングを揃えて、手を開く。お互いの手の平にじっと目を凝らした次の瞬間、千尋が、うわあ、マジか！　と声を上げ、ベンチに突っ伏した。

その拍子に、千尋の手から「それ」が滑り落ちる。慌てて追いかけ、なんとか地面に落ちる寸前でキャッチした。

「またメガネフクロウじゃん！　どっちも！」

千尋の叫びに、二つの「それ」を見比べてみる。確かに、かおりの手に載ったフクロウのフィギュアはどちらも、目の周りが白く縁取られた同じデザインのものだった。二つとも、「左右にそれぞれ二七〇度も首が回る」というフクロウの特性に倣って、顔が上下逆転している。正直、ほとんどホラーだ。見れば見るほどどこがかわいいのかわからない。でも、それがいい。

「えー、あと一個なのに。なんで『ふくたろう』全然出ないの？」

「まあ、食玩ってそういうもんでしょ」

「かおりさん、ずるい。こういう時だけ大人ぶって」

そう言って、千尋がむくれた表情でかおりを睨みつける。ぷうっと頬を膨らませたその顔は、いかにも小学生らしかった。

「あ。ちーちゃんの今の顔、めっちゃふくたろうっぽい」

すると千尋は表情を明るくして、それってかわいいってこと？　と声を弾ませた。

「ううん、超ブスってこと」

間髪を容れず答えると、千尋はがっくりと肩を落とし、ひどーい、と唇を尖らせた。


千尋と出会ったのは、ほんの二ヶ月前のことだ。平日の日中から大人がうろついていても人の目が気にならない場所、というと限られてくる。特に読書家というわけでもないが、会社を休職して数ヶ月、その頃には図書館通いがかおりの日課と化していた。

お昼過ぎに家を出て、公園で遅い昼食をとり、近くのコンビニで飲み物を買って閉館まで居座る、というのがいつもの流れだった。幸いこの図書館は本だけでなく、映画や音楽鑑賞の設備も整っているため、時間を潰すのに苦労はしなかった。

そんな生活を送るうち、毎週金曜日の閉館間近、決まった時間に姿を現す小学生がいることに気づいた。しかしその時点では、特に声を掛けることもなかった。二人の距離が縮まったのは、かおりが「ふくたろう」のフィギュアを集め出してからだ。

いままでにもコンビニチェーン店と提携を繰り返してきたふくたろうだが、今回はペットボトルを買うとフィギュアが付いてくる、というキャンペーンだ。ふくたろう自体はメンフクロウを元にデザインされているが、その友達、という設定で様々な亜種のキャラクターも作られていた。その数、全十種。

ペットボトルのキャップ部分に括りつけられたプラスチックケースは、外からは中がわからない仕様になっている。どれが当たるかは、買ってからのお楽しみだ。しかし、何度も買っていれば当然同じ種類が当たってしまうこともある。

かおりの部屋には、欲しくもない「モリフクロウ」が三個も並んでいる。そんなことを十回近く繰り返した後、今回もはずれだ、とため息をついてペットボトルをバッグにしまおうとしたかおりに、声を掛けてきたのが千尋だった。

『お姉さん、ふくたろう好きなんですか？』

図書館でいつも見かける小学生だ、と気づくのに時間は掛からなかった。改めて目にしてみると、立ち姿のきれいな女の子だな、という印象を受けた。千尋は自己紹介もそこそこに、自分もふくたろうのフィギュアを集めていること、しかし小遣いには限界があり、全ての種類を集めるには時間が掛かることなどを打ち明けてきた。

そこから、話はとんとん拍子に進んだ。かおりと千尋は、協定を結んだのだ。お互いにペットボトルを買ったら、当たったおまけを見せ合いっこして、持っていない種類のキャラクターを譲り合うこと。交換の頻度は週に一度、金曜日。千尋の学校が終わり、図書館に寄って習い事に行くまでの空き時間だ。

せっせと逢瀬を重ねたこともあり、今となっては、かおりも千尋も『ふくたろう』以外はコンプリートしている。メインキャラクターはいちばん流通していてもいいはずなのに、これがなかなか当たらない。

しかし、あと一種類というところで諦めるわけにもいかず、二人ともほとんど意地になっている。販売会社の思うつぼだとはわかっているが、こうなったらもうやめるわけにはいかないのだ。


「かおりさん、当たったらマジで教えてね。絶対欲しいとか言わないから」

千尋はそう言って、彼女にとってもう何個目かもわからないメガネフクロウを、リュックへと放り込んだ。念押しのように、絶対だよ、と繰り返す。かおりは、うん、わかってるよ、と笑顔で頷いた。

最後の一種類になった時点で、もし次に「ふくたろう」が当たったら、それは当たった人がもらおう、と決めていた。今までの経験からして、二人同時に当たる可能性は限りなく低い。千尋は、かおりが当てた時に自分がごねると思われているのではないか、ということを心配していた。

以前、同じようなキャンペーンでマグカップを当てた、という話を千尋にしたことがある。軽い気持ちで「あげようか」と口にしたら、きっぱり拒絶されてしまった。

『子ども扱いしないでください』

頑なな態度に、さすがに無理強いすることは躊躇われた。素直になればいいのに、と思う一方で、ちょっと格好いいな、とも思った。子ども扱いされたら怒る。子どもとは、本来そういうものなのかもしれない。

「あ、じゃあ私そろそろ行かなくちゃ」

千尋はそう言って、ベンチから立ち上がった。千尋が何の習い事をしているのか、かおりは知らない。一度聞いてみたら、恥ずかしいから、と教えてはもらえなかった。

「あー、なんかお腹いっぱいだな。ちーちゃん、習い事の前に食べない?」

辺りはすっかり暗くなり、気温がぐっと下がり始めた。今からでは、夕食までにおにぎりを消化できる気がしない。元々期待していなかったが、千尋は予想通り首を横に振った。

「前言ったじゃん。私、食事制限中なの」

「子どもが何言ってんだか」

すると千尋が、かおりさんだって子どもじゃん、と呟いた。

「お母さんに作ってもらってんでしょ、これ」

なかなか痛いところをついてくる。それはそうだけど、と言葉を濁すと、そういうところが子どもなんだよ、と追い打ちをかけられた。

「心配してるんでしょ、お母さんも。早いとこ復帰するか、次の仕事探すかしたら？世間は無職に甘くないんだよ」

本当に口が減らない。なのにちっとも嫌な感じがしないのは、千尋が子どもだとわかっているからだろうか。千尋には早々に、自分の状況を打ち明けていた。

『本当は、大人買いできるんじゃないの？』

そう聞かれて、全てを話してしまった。以前勤めていた職場で、覚えのないミスをなすりつけられたこと。その相手が、信頼できると思っていた上司だったこと。その時のトラブルが原因で、少し心を病んでしまったこと。今は会社を休んで、復帰するか転職するか悩んでいること。誤魔化したって良かったのに。

千尋がどこまで理解したかはわからなかった。仕事のトラブルがどうのというのは、小学生には少し難しかったかもしれない。

でも、それでよかった。千尋には理解しきれないと思ったからこそ、すんなりと打ち明けることができた。裏を返せば、千尋を侮っていたのかもしれない。所詮は子どもなんだから、と。

『だから、あんまりお金遣える状況じゃないんだ。長谷川さん、と一緒かな。お小遣い制なの。大人なのにね』

慌ててそう付け足したのは、何故だろう。ああは言っても、貯金もあったし、毎日お茶を買うくらいの余裕はあった。多分、自分は対等でありたかったのだ。どんな理由であれ、話を聞いてくれた目の前の人間と。

千尋がかおりの発言に対して、物申すようなことはなかった。大人ぶって、安易に理解を示すようなことも、子どもじみた言葉でかおりを断罪することも。代わりにそっぽを向いたまま、怒ったような声で呟いた。あのさ、これから私のこと、名前でいいよ。

『私も、かおりさんって呼ぶから』

それから、互いに「ちーちゃん」「かおりさん」と呼び合う仲になった。世間的に見れば、おかしな関係かもしれない。血の繋がりがあるわけでもなければ、学校の友達というわけでもないのに。

「……大人がふらふらするのには、事情があるんだよ」

そう言って千尋の方を見ると、もう、という顔をされた。

「かおりさんは贅沢なんだから」

千尋は、呆れたような笑みを見せた。それには答えず、早く行きな、と手で追い払う。千尋は名残惜しそうな態度を見せつつも、踵を返して公園を後にした。

何度か振り返り、またね、とこちらに向かって手を振ってくる。子どもじゃないんだから、と思った直後、そういえば子どもだった、と思い直して、その後ろ姿が見えなくなるまで、かおりも手を振り続けた。

『かおりは贅沢なんだよ。それ、自分でわかってる?』

千尋とまったく同じ台詞を、かおりは数週間前に別の人物の口から聞いていた。スマホ越しに聞いた恋人の——いや、元恋人の声を、しばらくの間忘れることはできないだろう。

一時は結婚まで考えた相手だったのに、別れ話はいくつかのメッセージのやり取りと、数回の電話だけで終わってしまった。

彼とは、大学時代にサークル活動を通じて出会った。軽音サークルの空気にうまく馴染めずにいたかおりに、彼が声を掛けてくれたことが交際のきっかけだった。

『本当はドラムがやりたかったんだけどさ。うち、金なくて。同じリズム隊だし、先輩が安く売ってくれるっていうから、必死でバイトしたんだ。自分のお金で買ったベース、初めて鳴らした時のことは忘れられないな』

照れ臭そうに話す彼を見て、いいなと思った。自分で稼いだお金で初めての楽器を買った、というエピソードにも惹かれるものがあった。

『環境が整ってるなら、それに越したことないよ。うちなんて、ろくでもない親だから』

『すげえ、このマンション。かおり、お父さんとお母さんに感謝しなくちゃな』

『羨ましいなあ。おれもかおりんちみたいな家に生まれたかった』

最初はふざけ半分に口にしていたそれらが、僻みや嫉妬の入り交じったものに変わっていったのはいつからだろう。

かおりの実家に彼を招待した時。冗談交じりに家族の愚痴をこぼした時。彼が以前から、欲しいけど金がないから、と言っていた新しいベースをサプライズでプレゼントした時。

日常の、ささいな出来事や感覚のズレが重なって、少しずつ彼との間に距離ができていった。それが限界に達したのは、かおりが休職することになった時だ。

『転職でも復帰でもいいけどさ。そろそろ真面目に考えたら？　いつまで学生みたいな暮らしする気だよ』

『家賃もそうだけど、生活費だって親に頼ってるんだろ。少しは恥ずかしいとか思わないのかよ』

『俺が同じ状況だったら、悠長になんてしてられないけどね。羨ましいよな、恵まれてる奴は』

彼から、他に好きな人が出来た、と打ち明けられたのは、かおりがマンションを引き払い、実家に戻って療養に専念する、と報告をした時のことだった。

『なんでも持ってる奴にはわかんないよな。自分が恵まれた立場にいるってこと、ちゃんと自覚しろよ』

彼との最後の会話は、「恋人だった自分」ではなく、「恵まれた家に生まれた、憎むべき人間」に向けられた、厳しい言葉で締めくくられた。それが哀しかった。でも、それ以上に驚いてもいた。彼にはそんなに、自分が「贅沢」に見えたのだろうか？

確かに自分は、なんでも持っているのかもしれない。大きな家も、十分すぎるほどのお金も、優しくて理解のある両親も。しかし、そんなかおりにも、ひとつだけ持っていないものがある。

かおりには、この哀しみを打ち明けられる友達がいない。

「私、ああいうの苦手だったな」

街路樹の根元に集まっていた落ち葉が、風に吹かれて舞い上がり、空中にきれいな螺旋を描いている。公園で遊んでいた子ども達がそれを受けて、寒い、寒いと悲鳴を上げた。千尋より一つ、二つ下の学年の集団だろうか。千尋がかおりの言葉に首を傾げた。

「あ、ごめんね。なんか、あれ見てたら思い出しちゃって」

かおりが顎をしゃくった先で、子ども達が長縄跳びに精を出している。せーの、という回し役の掛け声とともに、子どもが一人ずつ、輪の中へと飛び込んでいった。縄は止まることなく、ぐるぐる大きな円を描く。

「……苦手って？」

そう聞かれて、かおりは手に握っていたペットボトルのキャップを閉め直した。今日も残念ながら、ふくたろうは当たらなかった。

「絶望的に運動神経がない、ってのもあるんだけど。なんていうのかな。ああいうみんなで協力して、失敗しないように足並み揃えてってのが、苦手だったのね。子どもの頃からずっと。それこそ、みんなで輪になって踊りましょう、みたいなこと」

「輪」

千尋が小さな声で、かおりの言葉を繰り返した。

「いちばん嫌だったのは、運動会の時のフォークダンス」

縄跳びはまだ、途切れない。十三、十四、十五……。ジャンプの成功数が増える度、子ども達の掛け声が大きくなっていく。二十の大台に乗った瞬間、わあっと歓声が上がった。

「私、上手く踊れなくって。練習で友達にからかわれたんだ。かおりちゃんのダンス、変って。それでますます、わかんなくなって。右足と左足、どっちから出すんだっけ、とか、どっちの手でどっちの手を握るんだろうとか。そしたら本番で、体が固まっちゃった」

今でも度々見る夢だ。あの時のことは忘れられない。クラスメイト達の鋭い視線や、保護者達のざわめき。結局かおりはみんなの輪から外れたまま、目の前でダンスが終わるのを待つことしかできなかった。

夢から目覚めた時に、まずいちばんに思い出すのは、焦燥感。自分はこの場に必要とされていないという、やるせなさ。言いようのない孤独感。でもどこかでは、諦めている。自分は一生、あの輪の中には入れない。

次の瞬間、何かの拍子に縄が止まり、悲痛な叫び声が辺りに響いた。「誰だよ」と犯人捜しを始めるような声も。数人の子ども達が、申し訳なさそうな顔で手を挙げるのが目に入った。

「ていうか、あれ何？　なんで急に長縄とか始めてんの」

沈んだ空気を誤魔化すようにそう言って笑いかけると、千尋は少し間を置いてから、スポーツ大会近いから、と答えた。

「放課後集まって、練習してるんだと思う」

そう、と返したものの、言葉が続かなかった。千尋は参加しなくてもいいのだろうか。こっそり千尋の顔を覗いて見たものの、そのクールな表情からは、何も読み取ることが出来なかった。そういえば、今までに千尋が同級生と一緒にいるところを見たことがない。

出会って間もない頃、図書館で千尋と同じ年頃の女の子達が集まって騒いでいるのを見かけて（すぐに館内スタッフに注意されていたが）、自分なんかと会っていていいのか、と聞いたことがある。千尋はぶっきらぼうな声で、いいんだ、と答えた。

『クラスの子とか、ふくたろうの良さ全然わかってないんだもん。キモいとか言っちゃってさ。そこが良いんだっつーの』

本気で怒っているように見えたあの顔の向こうに、さびしさや、強がりに似た感情が隠れてはいなかっただろうか。

「別に、堂々としてればいいんじゃないの？」

え、と顔を上げると、千尋は相変わらずむすっとした顔でこちらを見つめていた。

「かおりさんが苦手だったことなんて、大人になったら必要のないものばっかりじゃん。輪に入れなくたって、大人にはなれるし。だから、昔のことなんて気にすることないっていうか。かおりさんはもう大人なんだから」

そうかもね、と薄い反応を見せるかおりに、千尋は鼻息荒く、でしょう、そうでしょう、と何度も頷いた。

「私、かおりさんが羨ましいよ。私も早く、大人になりたい。縄跳びとかフォークダンスとか、そういうものがない世界に行きたいよ」

単純に、かおりを励ましたい、というわけではなさそうだった。たどたどしく言葉を紡ぐ千尋には、目の前のかおりにというよりも、自分に向けて言葉を捻り出しているような、そんな必死さがあった。

「だいたい人の目を気にしてどうとか、ダンスって本来そういうものじゃないと思うし」

その言葉にあれっと思い、思わず口を挟む。

「ちーちゃん、ダンス踊れるの？」

すると千尋は、しまったという顔で唇を嚙んだ。気まずそうにかおりから目を逸らす。

しかし、一瞬の沈黙の後、意を決したかのようにベンチから立ち上がった。

「ちょっと、見てて」

え、と問い返す間もなく、千尋はかおりから少し離れた場所で振り返り、両腕をすいと広げた。鳥が羽を広げるみたいに。

続けて、ためらいのない動作で左の太ももを振り上げた。それに合わせて、全身がふわりと持ち上がる。今にも空に飛んで行きそうに見えた次の瞬間、ぴたりと動きを止め、ゆっくりと手足を地面に下ろした。

いつのまにやら、子ども達は縄跳びを止めていた。静寂の後、オーディエンスの間に、すげー、という感嘆のため息が広がった。少し遅れて、控え目ながら拍手も。千尋は思わぬ歓声に肩を縮めながら、恥ずかしそうにベンチへと腰を下ろした。

「……すごい」

思わずそう漏らすと、千尋はぷいと顔を背け、「別に普通だよ」と呟いた。いつかかおりが、千尋のスタイルの良さを褒めた時みたいに。

「全っ然、普通じゃないよ！　すごいすごい、鳥みたいに見えた。ちーちゃん、こんなことできたの？　なんで教えてくれなかったのよ」

そう言ってばんばんと肩を叩くと、千尋は「痛い、痛い」と顔をしかめながらも、すごく嬉しそうだった。

「あ、食事制限ってそういうこと？　バレエって、体形とか厳しいんだもんね。習い事って、これのことだったんだ」

かおりの言葉に、こくりと頷く。

「ママがバレエの先生なの。長谷川バレエ教室って、知らない？　駅の向かい側にあるんだけど」

へえ、と間抜けな声を上げることしかできない。

「言われてみれば、あるかも。あれやってるの、ちーちゃんのお母さんなんだ。同じ街に住んでるのに、意外と気づかないもんだね」

「そこで、三歳の時から習ってるんだ」

三歳の時から、と千尋の言葉をなぞる。それは、かおりが丁度ピアノを始めた年齢だった。

「かおりさんが、さっき言ってた話」

千尋はそう言って、かおりの方に向き直った。たったあれだけの動きでも疲れるのか、千尋の頬は上気したかのように、ほんのり赤く染まっている。

「ちょっと、わかるかも。私も学校で浮いてるし。でも、しょうがないんだ。レッスンもあるし、私にはバレエの方が大事だから。だって私、わかってる。学校より友達より、バレエがいちばん大切ってこと。……だから、平気だよ」

そう言ってはにかむ千尋は、大人でもなければ子どもでもない、どっちつかずの表情をしていた。人とは違う人生を送ることをすんなり受け入れられるくらいには大人で、自分の母親を人前でママと呼んでしまえるほどには子どもで。

それでも、自分の人生の「いちばん」を語る千尋は、自分よりずっと大人に思えた。「いちばん」のためなら、他に何を犠牲にしても構わない。そういう顔をしていた。

「あ、時間ヤバい。ママに怒られちゃう」

千尋は慌てたように、ベンチから立ち上がった。

「来週こそ、当たるといいね。じゃあね、かおりさん」

ふくたろうが当たる時。それは、千尋とかおりの別れを意味している。血の繋がりもなければ、学校の友達でもない二人に、ふくたろう以外の繋がりはない。千尋はそれをわかっているのだろうか。

千尋が去る直前、部活帰りらしき女の子二人が、缶ジュースを片手に公園へと入って来た。丁度、千尋と同じ年頃だろう。女の子達は千尋の姿を見かけると、一瞬足を止めた。どうやら、面識があるらしい。クラスメイトかもしれない。

しかし千尋は気づいているのかいないのか、早足でその場を後にした。透明人間を相手にしているかのように。ほぼ無視された形になった女の子達が何事か囁き合いながら、不満気な顔で目配せする。

あれはきっと、千尋が犠牲にした「いちばん」以外の何かだ。千尋が諦めた、大切ではないもの達。千尋は十一歳にして、「輪に入る」ことを諦めている。

さっき千尋に、言えなかったことがある。大人になったら長縄跳びもフォークダンスもしなくていい、なんて嘘だ。それに代わる何かが、きっとあなたを苦しめ続ける。現に、長縄跳びとフォークダンスは今も続いている。大人になっても。

輪に入れなくても大人にはなれるけど、輪に入ることを諦めた子どもが大人になるのは悲惨だ。でも、もっと悲惨なこともある。千尋が今「いちばん」と思っているそれは、いつか手放さなきゃならないものかもしれない。

自分が「輪に入れない」側の人間である、と気づいたのはいつだろうか。至るところに、「輪」はあった。長縄跳びや、フォークダンスだけじゃない。

クラス対抗リレー。女の子だけの交換日記。修学旅行のグループ分けに、クラス替え。かおりから見ると、その「輪」はあまりに完璧すぎて、自分の入る隙間はこれっぽっちもないように思えた。

家族の前では「お喋りなかおちゃん」であるはずの自分が、同世代の女の子達といる時は、どう口を開いていいのかわからない。かおりが話し出した瞬間、それまで淀みなく回転していたはずの輪が、その回転を止めてしまうような気がする。

それを自覚してからというもの、かおりが学校で浮いてしまうのに、時間は掛からなかった。

『かおりちゃんって、ちょっとぶりっ子だよね』

『いつもフリフリのワンピース着てる』

『女子とはあんまり話さないのに、男子とは仲良くしてるし』

次第に、そんな陰口を叩かれるようになった。仕方なく、次の日からズボンを穿いて行くようになった。優しくしてくれたクラスの男子と話すのも止めた。しかしそれでも、みんながかおりを輪の中に入れてくれることはなかった。

そんなかおりにとって、幼い頃から始めたピアノは唯一の逃げ場所だった。お喋りに入ることは苦手でも、メトロノームのテンポに合わせて旋律を奏でることは得意だった。自分が叩いた鍵盤から、大好きな音楽が流れるのが嬉しかった。音楽だけが、自分を自由にしてくれるような気がした。

暗雲が立ち込めたのは、ピアノ教室の子ども達の間で、「かおりちゃんが先生に贔屓されている」という噂が立った時からだ。先生はかおりのために特別に個人レッスンを開いてくれることもあり、それが周囲の反感を買ってしまった。

楽譜を隠されたり、稽古用のバッグを汚されることもあった。両親が教室に訴えると嫌がらせはなくなったが、一度そういう目で見られた以上、その空気を変えることは難しかった。

たしかにその教室には、両親の知人の紹介で入った。しかし先生がかおりに目を掛けてくれたのは、かおりが教室の誰より練習に真面目で、誰よりピアノが好きだったからだ。しかし、それを言い返せるだけの心の強さを持っていなかった。

段々とピアノのレッスンも練習も、サボりがちになった。辞めたい、と口にした時、かおりの両親は、引きとめたりはしなかった。かおりの意思を尊重する、というのが二人の教育方針だったからだ。

密かに目指していた音大とプロへの道は、その時に諦めた。今でも時々、あの時ピアノを続けていたら今頃どんな人生が待っていたのだろう、と考えることがある。

唯一の逃げ場を失って、高校に入る頃には、「不思議ちゃん」として振る舞うことを覚えるようになっていた。

『かおりって、ちょっとズレてるよね』

『天然だから、仕方ないか』

仲間がそう言って自分を笑う度、ほっと胸を撫で下ろした。「不思議ちゃん」は、決して「みんな」と一緒にはなれない。輪からは一線を画した存在で、でもだからこそ、子どもの頃のようにあからさまな敵意を向けられることもない。それでいいんだ、と必死で自分に言い聞かせた。

大学に入学してすぐ、かおりは軽音サークルに入ることを決めた。プロへの道は断念したが、音楽自体を嫌いになることはできなかった。そこで、後に付き合うことになる彼と出会った。

彼はなかなか集団に溶け込むことができずにいるかおりを、そっくりそのまま受け入れてくれた。

『かおりがすんなりあの場に馴染んでたら、飲み会で声掛けなかっただろうし。そういう不器用そうなところがいいなって思ったんだ』

彼の言葉は、かおりの今までの人生を肯定してくれた。だからこそ、この人のためになんでもしたいと思った。彼が望むものは、なんでも与えたかった。大学を卒業して、最初は乗り気でなかった社会人向けの軽音サークルも、彼のために入った。彼の顔を立てたかったし、少しでも彼と一緒に時間を過ごしたかったからだ。

しかし結局はそれが原因で、勤めていた職場ではトラブルを起こしてしまった。サークルの練習を休むまい、と勝手なシフト申請をしていたら、先輩の温井沙也に目を付けられた。

元々、そりの合わない女性だということはわかっていた。小学生の頃、いのいちばんに「かおりちゃん、ワンピースしか着ないの？」と声を掛けてきたクラスメイトにそっくりだったからだ。

『私、あんたが優紀にしたこと、一生許さないから』

休職に入る直前、更衣室のロッカーを整理していたら、たまたま沙也と顔を合わせた。ただでさえ気まずいのに、部屋を出る前にそんなことを言われた。聞かなかったことにして、逃げるように更衣室を後にした。

どうして沙也に、そんなことを言われなければならないのか。沙也に、自分と優紀の何がわかるというのか。悔しくて仕方なかった。自分はただ、裏切られたのに。悪いのは優紀なのに。何故自分が悪者呼ばわりされなくちゃならないのだ。

『かおりが友達作れないのとか、職場に馴染めないのって、かおり自身のせいでもあるんじゃないの？』

人生を肯定してくれたはずの彼は、別れ際、かおりに向かってそんな台詞を放った。聞いた瞬間、かおりは思わず噴き出しかけ、じっとそれを堪えた。

何を今さら、鬼の首を取ったように。そんなこと、わかっている。今さら人に言われなくても。でもわかったところで、自分が「輪に入れない」という事実は変わらない。それがわからないということは、所詮彼も「輪」の内側にいる人間なのだ。

その日、いつも通り図書館から家に帰ると、夕食後に母から呼び止められた。

「かおちゃん、ちょっと座りなさい」

かおりをリビングへ招いた母は、やや緊張した面持ちだった。それを察してか、父はにこにこと柔和な笑みを浮かべている。少し不自然なくらいに。

不自然と言えば、父が夕食の場にいることも珍しかった。職場は近いが普段は仕事で忙しく、日が変わるまで家に顔を出さないこともざらだ。

「かおり。お前仕事のこと、これからどうするつもりだ」

父の落ち着いた声音に、両親が夕食の間もずっと、これを話す機会を窺っていたのだということがわかった。

「どうって……」

「いや、もう半年近く経つだろう。巧《たくみ》にも色々頼んではいるけど、そろそろ限界だって、昨日電話が来てな。だから、今のかおりの気持ちを聞かせて欲しいんだ」

巧おじさんは父の弟で、かおりが就職活動で苦労していた時に今の職場を紹介してくれた。十年以上前からお金の借りがあるとかで、父には頭が上がらないらしい。

「お父さん。そんな言い方したら、かおちゃんだって言いづらいわよ」

かおりの様子を見かねてか、母が声を上げる。

「前も言ったけど、お母さん達、かおちゃんの味方だからね。かおちゃんがずっと頑張ってきたの、わかってるし」

優しげな母の声は、微かに震えていた。

「夜だって遅かったたし、土曜日に出かけることもあったし。いくらおじさんのすすめだからって、きちんとお休みの取れない会社はどうなのかなって、前から思ってたのよ」

「……まあでも、お給料もらってるわけだし。えっとそれに、休日出勤した分は代休だってあったから。だから別に、休みが取れないってわけじゃないし」

言いながら、どうして自分が弁解をしているんだろう、という気持ちになった。自分だって、勤めている間は土曜出勤なんて嫌だったはずなのに。

しかし母は、でもねえ、女の子だし、と聞く耳を持たない。父が、ずず、と音を立ててお茶を啜った。かおりが何を言おうか迷っている間に、母は「とにかく」と場を仕切り直すように両手を合わせた。

「そんな会社辞めたっていいし、もちろん、かおちゃんがそうしたいなら戻ったっていいけど。でもね、もしそれも嫌だって言うんなら、訴えることだってできるのよ」

え、と思わず顔を上げた。母の口から飛び出した「訴える」という言葉が、ひどく現実味のない響きを持って、リビングに浮遊していた。しかし表情を見る限り、母はどうやら本気らしい。するとその空気を察してか、父が「いやまあ」と咳払いを挟んだ。

「それは、かおりの職場での人間関係もあるだろうし。まずは、かおりの気持ちをいちばんに考えないと」

すると母が、「私だって、かおちゃんの気持ちをいちばんに考えてのことですよ」と声を荒らげた。

「だっておかしいじゃないの。その人間関係のせいでこんな風になっちゃったわけでしょう。体を壊してまでしなくちゃいけない仕事なんて、どこにあるのよ。その上司さんとやらに、一言言ってやらないと気が済まないわよ」

父と母には、元上司との間に人間関係のトラブルがあった、とだけ伝えている。父はそれ以上追及しようとはしなかったが、母は何があったのかを事細かに知りたがったし、はぐらかしている間にも色々と想像が膨らんでいるらしかった。

「別にいいよ、訴えるとかは。あの時は、私にも良くないところがあったと思ってるし……」

自分にも悪いところがあったなんて、休職直後は考えてもみなかった。なのに口を衝いて出てくるのは、会社を、いや、元上司をかばうような言葉ばかりだ。しかしどうやら、母には届いていないらしい。

こんな会社だって知ってたら、かおちゃんのことお願いしますなんて言わなかったわよ。おい、その言い方はないんじゃないか。色々と立場があるんだから。こんな会社をこんな会社って言って何が悪いのよ。だいたいあなたの言う立場って、巧さんのことでしょう。何もそんなことは言ってないだろう。

当の本人を差し置いて、両親の口喧嘩はヒートアップしていく。思わず、テーブルに握り拳を叩きつけた。ガシャン、と想像していたよりも大きな音がして、テーブルの上の茶器が揺れた。両親が、はっとしたように顔を上げる。茶碗の中のお茶が、ゆらゆらといつまでも揺れていた。

「……大きな音出して、ごめん。よく考えてみるから。お父さん、おじさんにもう少しだけ待って欲しいって伝えてくれるかな。それと、せっかく紹介してくれたのにこんなことになって申し訳ないって」

しばらくして父が、わかった、と目で頷いた。疲れたから寝るね、と立ち上がると、母が、かおちゃん、と腕に抱きついてきた。

「ごめんね。でもわかって欲しいのは、お母さん本当にかおちゃんのことを心配してて」

　涙ながらに訴える母に、うんわかってる、と正面から向き合う。続けて母を引き剝がし、でも、と言葉を切った。

「これは、私の問題だから」

　だから、私ひとりで考えさせて。そう告げると、腕にしがみ付いていた母の力が、ゆっくりと抜けていくのがわかった。

　本当は、こんなことを言うべきでないことはわかっていた。家族を巻き込んでおいて、私の問題も何もあったもんじゃない。こんなのは、ただの八つ当たりだ。

　かおりが友達作れないのとか、職場に馴染めないのって。

　ああ、そうだ。上手く友達を作れないことも、職場に馴染めないことも。恵まれた環境のせいでも、両親のせいでもない。多分、自分自身のせい。だからきっと、自分でどうにかするしかない。


　中間優紀は、とてもやさしい人だった。でもそのやさしさが、必ずしも自分を救ってくれるわけではないということを、かおりはよく知っていた。思い返せば、輪に入れないかおりを自分のグループに入れてくれる「やさしい女の子」は、どんな時も、どんな場所にも、決まって存在した。ただし、あくまでも仕方なく、という体で。

先生に言われたから。学級委員だから。そこには彼女らなりのやんごとなき理由があって、大抵かおりのためではなかった。自分のためだった。そういう子はいつだって、ここぞという時にかおりを裏切る。

わかっていたはずなのに、どうして信じてしまったんだろう。

身勝手なシフト申請を繰り返すかおりを、沙也をはじめとして職場の人間達は、あまり良く思っていないようだった。優秀な人間なら、仕事で取り返すということもできるのかもしれない。でも、かおりは残念ながら「仕事ができる」種類の人間でもなかった。自分は働くことに向いてない。それを自覚したのは、いつの頃からだろうか。仕事自体をさぼったことはないし、適当にやったつもりもない。会社で働いている間、かおりの脳内をいちばんに占めていたのは「仕事」だった。なのに、どうしてもミスは減らなかった。

これだけ辛い思いをしているのだから、せめてプライベートは大事にしたかった。じゃないと仕事がもっと辛くなる。仕事は2番、と人は言うけど、仕事を2番にするにはそれなりの能力がいる。自分は仕事を人生の1番にしないと、人並みにすらなれない人間だ。だから、そうしたつもりだった。

がんばって、がんばって、がんばって。なのに周りから見れば、不真面目で、サボリ癖のある人間にしかなれなかった。仕事を1番以下にしている人間にしか、見られなかった。自分みたいな人間は、この先どう働いていけばいいんだろう。そもそも、みんなの輪に入ることすら――ただ人とかかわることすら、上手くできたためしがないのに。

職場でも浮き気味だったかおりを、優紀は当初気遣ってくれた。守ってくれた。仲良くしてくれた。音楽をやっている、と話すと興味を示し、応援してくれた。いつだったか、一緒にご飯を食べた帰り道のこと。職場の人間と、いや、誰かと二人きりで食事に行く、ということ自体、恋人を除けばとても久しぶりのことだった。

何がきっかけだったか、優紀がふいに、今にも泣き出しそうな顔でかおりを見つめてきたことがある。あれは一体、なんだったのだろう。どういう流れでそうなったのか、自分が優紀にどんな言葉を掛けたのか、上手く思い出せない。

休職を訴えて以来、優紀と顔を合わせたことはない。しばらくして、上司の内野から優紀が職場を辞めた、という話を聞いた。

本当は、あれから一度だけ優紀から連絡が来た。そのことは、誰にも話していない。メールのアドレスは、職場の緊急連絡先として入社してすぐに登録したものだった。

『中間優紀です』

かおりが優紀の連絡先を消していることを想定してか、件名にはそれだけしか書かれていなかった。かおりは内容を見ることもせず、メールをそのまま削除ボックスに放り込んだ。

悔しかった。許せなかった。逃げるように自分の前から姿を消した優紀。こんなことになってなお、コンタクトを取ってこようとする元上司のことが。メールの本文は、かおりへの謝罪だろうか。弁解だろうか。それとも、優紀が会社を辞めたのはかおりのせいだとでも言いたいのだろうか。

いくつかの思いが胸に渦巻き、かおりはその日、熱を出した。理由も言わず、寝込んだかおりを見て、母は「かおちゃんが可哀想」と言って泣いていた。

そんな母を横目に、ぼんやりした頭で考えた。自分が本当に許せなかったのは、今になってなお、優紀のメールアドレスを削除することも受信拒否をすることもせず、大事に取っておいた自分自身なのかもしれない、と。

それから数日が経ったある日、家を出ようとすると、玄関先に千尋が待ち構えていた。

「……ちーちゃん」

千尋は黙ったまま、こちらを睨みつけていた。どうしてうちがわかったの、と聞くと、千尋は答えず、返しに来た、と呟いた。そしてかおりに向かって、紙袋を差し出した。

「なんで、こんなことしたの」

千尋が、かおりを睨みつけた。それには答えず、ちょっと歩こうか、と笑いかけた。千尋の眉はぴくりとも動かなかったけれど、黙って後をついてきてくれた。受け取った紙袋は、手に持つとずっしりと重たい。袋の中身は、いつか千尋に話した「ふくたろう」のマグカップだった。

「私、いらないって言ったよね。これ、ひとつしかないんでしょう。そんなの、もらえないよ」

かおりはそれを図書館のスタッフに、毎週金曜日に来る女の子の忘れ物だ、と言って手渡した。しばらく来れなくなるので、代わりに渡してくれませんか、と。スタッフは千尋の顔に覚えがあったようで、すんなりとそれを引き受けてくれた。

それで、終わりにするつもりだった。本当は、「ふくたろう」のフィギュアを当てて渡したかったが、間に合わなかった。それで仕方なく、このマグカップをあげることにしたのだ。

着いた場所は、結局いつもの公園だった。どちらからともなく、ベンチに座る。もう二度と来ることはないと思っていたのに。

「これね、本当はひとつじゃないんだ」

ようやく顔を上げてくれた千尋に、ペアのマグカップだったんだよ、と教える。

「元々は二つ目も、人にあげてたんだけど。色々あってね、戻ってきちゃったの。だから今度は、ちーちゃんにあげたいなって」

そう言って、もう一度千尋の手に紙袋を握らせる。優紀にあげたはずのマグカップは、荷物整理に会社に戻ったあの日、かおりのロッカーにひっそりと戻されていた。

メッセージも手紙も何もついていなかったから、優紀の意図はわかりかねた。そしてその日の夜、例のメールが届いたのだ。その前日に優紀が会社を辞めていた、と知るのは、もう少し後のことだ。

千尋に渡そうとしたのは、元々かおりが持っていた方のカップだ。優紀から戻って来たカップは、今はかおりの部屋の机に置かれている。

「だから、もらってくれると嬉しいんだけど」

「……でも」

千尋は、まだ迷っているようだった。

「ずっと、憧れてたの。友達と、大事なものを分けっこすること」

その言葉に、千尋がはっとした顔でかおりを見上げた。その目が、みるみる内に涙で潤んでいく。

「……じゃあ、なんで」

なんで、黙っていなくなっちゃったりしたの。千尋はそう言って、くしゃりと顔を歪ませた。

「私だってかおりさんのこと、友達だって思ってたのに」

地面に、千尋の涙がぼたぼたこぼれた。ひいん、ひいん、と声を上げ、鼻水をこぼし、何度もしゃくりあげて。清々しいくらい品のない、みっともない泣き方だった。それは子どもにだけ許された、子どものための泣き方だった。

言ったところで、伝わるだろうか。自分が、嫉妬していたなんて。こんな、十以上も年の離れた子どもに。かおりは千尋に嫉妬していた。羨ましかった。千尋が、かおりの欲しかったものを持っていたから。

ずっと友達が欲しかった。あのきれいな輪の中に、一度でいいから入ってみたかった。でもそれは、叶わないと知っていた。

ならば、友達なんていなくても輪に入れなくても、それでも良いと言い切れる、そんなものが欲しかった。これだけあれば生きていける、とそう思えるような、自分の人生に対しての確信のようなもの。

本当は、かおりだって持っていたはずだった。けれど、自らそれを手放した。それさえあればいいと、言い切れる自信がなかったから。かおりがなくしたものを、目の前の年端もいかぬ子どもが手にしている。人生をかけて、それを守り抜こうと決めている。

そう思ったら、もう隣にはいられなかった。

「バレエがいちばんじゃなかったの」

ちょっとだけ、意地悪するつもりでそう言ってみた。すると千尋は弾かれたように、そうだけど、と叫んだ。そうだけど。そうだけどさ。そう言って、地団駄を踏むように、何度も何度も地面の砂を蹴る。それはやっぱり、聞き分けのない子どもの仕草だった。

本当は、わかっていた。この子がまだ、何も諦めきれていないということ。自分の人生に確信を持つことも、輪に入ることも。バレエさえあればいい、なんて口だけだ。心は違うと言っている。怖くて全部を手放した、かおりとは違う。千尋はどっちも欲しいのだ。

なんて贅沢なんだろう。その時初めて、自分を責めた彼の気持ちがわかったような気がした。でも、いいのだ。だって、千尋は子どもなのだから。諦めのいい大人になんて、まだならなくていい。

「かおりさんの、馬鹿ぁ」

「……ごめん」

「馬鹿、馬鹿、馬鹿。謝ったって許さないんだから」

千尋はそう言って、泣き続けた。ごめんね、ごめん。仕方ないから、何度も何度も、謝った。偶然公園を通りかかった老人や、ベビーカー連れのママさん達が何事かとこちらを眺めていた。

「条件が、あるの」

しばらくして、少し落ち着いたらしい千尋がしゃっくりの合間にようやく口を開いた。あまりに小さな声だったので、え、と耳を澄ますと千尋は仏頂面のまま、マグカップもらう条件、と続けた。

「手、出し、て。そんで、目ぇ、つむって」

言われるまま、両手を差し出し、瞼を閉じる。少しして、ころん、と何かが転がり落ちてきた。恐る恐る、その感触を確かめる。その手触りには、覚えがあった。

「はい、いいよ」

千尋の合図と同時に、目を開いた。メンフクロウの「ふくたろう」が、なんともふてぶてしい顔でこちらを睨みつけていた。ちっともかわいくない。でも、かわいい。

顔を上げると、いいでしょ、と千尋が自慢げな顔でこちらを見つめていた。けっこうお小遣い注ぎ込んだんだから。最後の最後に当たったんだよ、すごいでしょ。千尋はそう言って、泣き腫らした目をして洟を啜った。

「でもこれ、当てた人がもらおうって」

「だから、交換条件」

わざと眉間にしわを寄せながら、紙袋をかおりの前にぐいと掲げた。やっと素直に、ありがとう、を言うことができた。

これからバレエの稽古に向かうらしい千尋が、行かなくちゃ、とベンチから腰を上げた。じゃあまた、といつもの挨拶をしかけて途中で止める。

「ねえ、かおりさん。また、会ってくれる?」

そう聞かれて、少しだけ反応に困った。すると急に、あ、そうだ、と千尋が声を上げた。

「かおりさんの、さっきの質問。どうしてうちがわかったの、ってやつ。図書館のスタッフの人達が話してるの聞いたんだ。あれ、真咲デンタルクリニックの娘さんだよね、って。それで思い出したの。図書館の近くにそんな名前の歯医者あるなって」

同じ街に住んでるのに、意外と気づかないもんだね。千尋はそう言ってくつくつ笑った後、少し言いづらそうな顔し、こう付け加えた。

「……なんか結構、有名みたいだよ。あそこの娘さん、最近仕事行ってないみたいだって」

それを聞いて、怒るより先に笑ってしまう。笑い事じゃないじゃん、言われっぱなしでどうすんの、と唇を尖らせた千尋に、大丈夫だよ、と返す。

「もう、大丈夫だから」

千尋が目をぱちくりとさせ、無職終了ってこと、と首を傾げた。苦笑しながら、うーん、どうだろう、と答えた。本当は、そこまで決めたわけじゃない。ただ、まずは一度、自分で会社に電話をしてみようと思った。辞めるのか、復帰するのかはまだわからない。それを会社と、きちんと話し合うべきだ。それを聞いた千尋は「なんでもいいからお金稼いで、ふくたろう大人買いしてよね」と呆れたように呟いた。

ふと公園を見渡してみると、もう自分達以外に人は残っていなかった。沈みかけた太陽が、すべり台も、ブランコも、鉄棒も、千尋の顔も、何もかもを夕焼け色に染めている。千尋の後ろ姿が見えなくなる直前に思い立って、ちーちゃん、と声を掛けてみた。

「ねえ、この前のやつ、もっかい見せて」

千尋は首を傾げた後、ああ、という顔をして背筋を伸ばし、両手を広げた。そして、例の「鳥」のポーズをしてみせた。一瞬だけ、空に向かってふわりと浮かんだ千尋は、やっぱりどこにだって飛んで行けそうに見えた。

「ブラボー!」

かおりはそう叫んで、千尋に、またね、と手を振った。何度も何度も、精一杯の力を込めてぶんぶんと腕を振りながら、今日は寝る前に布団の中で、一度は捨ててしまったあのメールがまだ残っているかどうか、確かめてみようと思った。

最後の日

白く滑らかな陶器を丹念に磨き上げると、そこに時たま自分の顔が映り込むことがある。ぴんと背筋が伸びる瞬間だ。自分が普段、どんな顔をして仕事に臨んでいるのか、それがどんな風に他人の目に映っているのか、突き付けられたような気持ちになるから。つまり、そういう意味でトイレ清掃は、自分自身を見つめ直す行為でもあり、己と向き合う孤独な作業、と言えなくもない。

というのは多少、いや、あまりにも格好つけ過ぎだろうか。そんなことを考えながら、立科幸雄《ゆきお》は今日も、吉丸事務機株式会社のフロアの一角で男性トイレの清掃作業に勤しんでいた。

作業の手順は決まっており、いまさら考えながらするようなものではない。その分、せっせと体を動かしていてもとりとめのないことばかり考えてしまう日もある。いかんいかん、と気を引き締め、スポンジを持ち直した。

洗剤を撒いて、汚れをゴシゴシとこそげ取るように、しかし便器は傷つけないように。丁寧に、しっかりと磨いていく。洗剤の使い過ぎには気をつける。泡立ちが良いと磨いている間は気分が良いが、後になって結局汚れが取れていない、と気づくことも多い。事前にバケツに汲んでおいた水を使って泡を洗い流す。新たにスポンジを取り出し、さっと水拭き。本当に汚れが取り切れているか、ここでチェックする。オーケーなら雑巾で乾拭きし、それこそ自分の影が見えるくらいなら完璧だ。

「よし。大便器はこんなもんかな」

よいしょ、と膝を押さえて立ち上がった。その瞬間、矢で足を射貫かれるような鋭い痛みとともに、関節がすっぽ抜けるかのような、酷く心許ない感覚が幸雄を襲った。少し遅れて、下半身全体にビリビリと痺れが広がる。

しかしこれは幸雄にとって、そう珍しい出来事ではない。六十半ばを迎えようとしているこの体には、立ったり座ったりという作業はさすがにこたえる。

「……これで最後に、床を清掃して終わり。女性トイレは永井《なが い》さんの担当と決まってるので、俺達は入らないこと」

永井さんはパート社員の女性で……、というようなことを説明しながら、そろそろと振り返る。視線の先に立っていたのは、会社指定の制服をだらしなく着崩した、自分より二回り、いや、干支を三周したってまだ足りないくらい年の離れた若者だ。男性、というよりも、男の子、と言ってしまったほうが、幸雄にはしっくりくる。

須藤栄太《すどうえいた》が、幸雄が勤める「須藤メンテナンスサービス」に入社したのは、一週間ほど前のこと。栄太は、一ヶ月後に退職を控えた幸雄の後釜として配属された新入社員だ。しかし、名前からもわかるように、栄太の入社は縁故採用——身も蓋もない言い方をしてしまえば、社長の一存によるコネ入社である。

須藤メンテナンスサービスは、オフィスビルや商業施設の清掃作業をはじめ、設備管理や修繕、リフォームまでを一手に請け負う、ビルの総合管理会社だ。幸雄が四十年勤め上げた内装工事会社の経営母体でもある。

現役時代から何かと親会社への出入りが多かった幸雄の働きぶりを須藤社長が気に入り、定年退職のタイミングで、再雇用契約を結ぶことになった。

社長から相談を受けたのは、丁度三ヶ月前。

『立科、本当に申し訳ない』

なんでも、幸雄の主な就業先でもある吉丸事務機株式会社との契約を、数年以内に打ち切るという。そのタイミングで、幸雄との契約もこの一年を最後にして欲しい、と言うのだ。

『それで、俺の息子いるだろう。そう、栄太。そいつのことなんだけど……』

いつもは豪快で、てきぱきと話を進める社長にしては珍しく、奥歯に物が挟まったような口調だった。

『情けない話なんだけどな、いい年して定職にも就かないで、今もぷらぷらしてる。もともと根暗っていうか、俺と真逆の性格ではあるんだけど。それが良くなかったのかなあ』

『そうは言っても、見捨てる訳にもいかなくてな。なんとか俺がいる内に、会社に捩じ込んどきたいってのが正直なところだ』

『もう、俺が何言っても駄目なんだ。会話にならない。その点、お前は昔から若い社員とも上手くやってただろ。あいつが何考えてるかとか、わかるんじゃないかと思って』

私情を持ち込むどころではない、なんとも都合の良い話だが、その私情がなければ自分がこの会社に勤めることもなかった。恨みの言葉が出てくるはずもない。嘱託社員としての幸雄の待遇は、同時期に定年退職を迎え、他の関連会社に再雇用された同僚と比べても破格と言っていいものだった。

しかし、業務の引き継ぎも兼ねた研修期間、という名目で実際に栄太と会ってみると、社長が言っていたのはこういうことか、と納得した。初対面の時は、特に髪を染めているわけでも素行が悪い風でもなく、「内向的な普通の若者」という印象だったが、今となっては「普通」がなんなのかを考えざるを得ない。

まず、覇気がない。若者らしい元気もない。そこまでは目を瞑るとしても、いちばん困るのは挨拶と返事が一切できないことだった。したとしても、聞こえるか聞こえないか、くらいの今にも消え入りそうなかすれ声で、虫の羽音だってもっとうるさいぞという音量でしか喋れない。

何度言っても、制服の上着の裾を出したまま出勤してくる。かと言って、注意すると反抗するでもなく、大人しく言うことを聞いてズボンの中にしまう。どういう意図があってそうしているのか意味がわからない。

わからないと言えば、栄太は電話ができない。電話は怖い、と言う。これは栄太に限らず、全国の若者に共通して言えることなんだそうだ。

栄太はしょっちゅう遅刻する(これがまず、どうなんだという話だが)。せめて遅刻がわかった時点で電話してくれ、と言ったら、「なんでＬＩＮＥじゃ駄目なんですか」と返され、さすがに言葉を失った。

遅刻自体は研修期間中に減ってはきたが、これも仕事への責任感を持ち始めたというよりも、単純に「電話をしたくないから」という理由からなのだから、ある意味徹底していると言える。

ＬＩＮＥについては、自分が十年来使い続けている二つ折りの携帯電話を見せると、すんなり納得してくれた。そして逆に、「すげえ、このタイプ初めて見た」と感心されてしまった。相変わらず、虫の羽音にも劣る声量ではあったが。

「えーと、ほらここ。床に靴の跡ついてるだろ。これは洗剤換えないと落ちないから、こっちを使って……」

言いながらちょくちょく振り返るが、栄太と目が合うことはない。栄太は相変わらず、青ざめた顔でトイレの床を見つめている。確かにこれじゃ、親子でも話が合わないだろうな、と心の中で社長に同情する。目を見れば人がわかる、が信条の社長にとって、自分の息子がこの状態というのはなんとも皮肉な話だ。

「あー、あの」

突然、栄太が口を開いた。驚いて顔を上げる。しかしすぐに口を噤み、しばらくの間、フリーズしてしまった。こういうことが度々ある。開いたままの目は虚ろで何も映していない、ように見える。しかし、何も考えていない、というわけではないらしい。

むしろ、自分が何を話したいのか、どんな言葉を選び、どのタイミングでそれを発するべきなのか、を必死に考えているのだ。根気強く待っていれば、何かしら言葉は出てくる。

そのことに、最近ようやく気づいた。もちろんそのまま沈黙してしまうこともあるし、待った末に出た言葉が、「立ってもいいですか」とか「よく聞こえませんでした」とか、幸雄からすればどうしてここまで時間をかけた、と言いたくなるような一言であることも多いのだが。

しかし、社長は待てないのだろうな、とも思う。絵に描いたような直情径行で、良く言えば裏表のない性格。悪く言えば独善的で、他人のことなんかお構いなしの社長には、栄太のような人間は理解不能だろう。栄太の何気ない一言も、社長からしたら馬鹿にされている、と感じることもあるかもしれない。

栄太は学生時代、いじめがきっかけで不登校になり、それ以来ずっと引きこもっていたらしい。社長は「情けない」と嘆いていたが、そんな父親を前にして部屋に閉じこもらざるを得なかった栄太の気持ちも、なんとなくわかるような気がする。

「……ホース、使わないんですか」

たっぷり二分は待った末に、栄太はようやくそう呟いた。栄太の視線の先に、今日一度も使用されず、流しに突っ込まれたままのホースの束があった。ホースを使った方がやりやすいのではないか、ということを言っているのだろう。

珍しく仕事に関することを口に出してくれたので、嬉しくなって声が弾む。

「ええと、ホース使っちゃうと逆に手間がかかるんだよ。いちいち蛇口閉めにいかなきゃならないだろう。それにこの年になると、行ったり来たりっていうことが、いちばんつらいもんだから」

節水にもなるし、俺はもっぱらバケツだ。そう言って、空になったバケツを掲げてみせる。しかし栄太は、反応を示さなかった。視線はまた、床の上へと戻ってしまう。

少し前のめりになりすぎただろうか。ここで、じゃあ「水入れてきますよ」とでも言ってくれれば、少しは成長が見えるのに。いや、変なプレッシャーはよそう。過度な期待は、相手への負担にしかならない。

そう思い直し、幸雄は「よし、じゃあ一気に終わらせちまうか」と再び床の清掃に取りかかった。

幸雄は北陸地方の寒村で、祖父の代から続く農家の四男坊として育った。

家族経営を主としていた一家では、子どもも働き手の一人として数えられ、物心ついた時にはすでに家業を手伝っていた。当時立科家が取り扱っていた農作物は、野菜だけでなくイグサや蚕など多岐にわたった。

子どもの頃いちばん嫌いだったのは、その頃一家の主力商品だった葉タバコの乾燥作業だ。収穫後の乾燥室への出し入れは、幸雄はもちろん家族総出で行った。幸雄は、その小屋の臭いが大嫌いだった。

作業後、タバコの臭いは細かな皮膚の凹凸にも染み込んでいるようで、何度水で洗っても、簡単には取れなかった。いわゆるヤニ臭さとも違う、薬品のような独特のかおりだ。いつのまにか、服にも髪の毛にもその臭いがこびりついていた。

父親は、いつまでも手洗い場から離れない幸雄を詰った。何を恥ずかしがることがあるのだ、と言って。いくら洗っても取れない臭い、爪の間に入り込んだ土、日に焼けた浅黒い肌。自分が嫌で嫌で仕方ないものを、恥ずかしがるどころか誇りにすら思っている様子の父を、幸雄は次第に疎ましく思うようになっていった。

早く家を出て、ネクタイを締める仕事に就きたい。

十代の頃から毎夜、冷たい板の間で薄べったい布団にくるまりながら思い描いていた夢は、農家の末っ子という立場もあり、間もなく果たされた。地元の工業高校を卒業すると、すぐさま実家を出た。学校の紹介で就職した東京の建設会社で、しばらくはサッシ工として生計を立てた。

数年後、内装工事会社を立ち上げた同業者から人手が足りないから手伝ってくれないか、と話を持ち掛けられ、幸雄はその会社に転職することとなる。

そこで事務員として働いていた登美子《とみこ》と出会った。色白で物静かだが、どこか凛とした印象の女性だった。間もなく二人は付き合い始め、結婚に至った。後々話を聞いてみると、登美子曰く、幸雄との結婚に踏み切ったのは、「幸雄が煙草を吸わないから」というのが決め手のひとつになったらしい。

『会社の男の人って、みんな吸うでしょう、煙草。昔から喉が弱くって。煙いのが苦手なの』

幸雄が人生で初めて、故郷に感謝した瞬間だった。幸雄が煙草を苦手としているのは、実家がタバコ農家を営んでいたから。その一点に尽きる。あの仕事が、あの臭いが嫌いだったから。

恐る恐る実家の家業を打ち明けると、登美子は幸雄の腕をぐいと引き寄せ、自分の顔に近付けた。汗臭いよ、とそれを止めさせようとすると、笑いながら首を振ってみせた。

『毎日汗を流して働いている証拠じゃない。何を恥ずかしがることがあるの』

それを聞いて何故だかふいに、父親が昔、嘘か本当か「うちで作ったタバコだ」と言いながら、子ども達の前で美味しそうにタバコを吹かしていたことを思い出した。

無口で無愛想で、わかりやすく愛情を表現するような人ではなかった。朝から晩まで仕事にかかりきりで、さほどかわいがられた記憶もない。幼い頃から、まっすぐ好きとは言いづらかった父親だ。しかしあの時だけは、その体からかおる葉タバコの臭いも、居間を白く染めていく煙も、まったく気にならなかった。

二人の間に子供が生まれたのは、登美子と結婚して丸一年が経った年のことだった。丁度、サッシ工としての経験を買われ、現場仕事だけでなく次第に営業活動や他社との交渉事の場にも連れ出されるようになった頃だ。幸雄にとっては念願の、「ネクタイを締める仕事」だった。

出産予定日よりも二週間早く生まれた男児を、幸雄は自分の名前から一文字取って、和幸《かずゆき》と名付けた。仕事のため出産には立ち会えず、初めて目にした我が子の姿は、保育器のガラス越しで体を丸めた幾分頼りないものだった。

その中で小さく折りたたまれた和幸の四肢は、自分の親指ほどの太さしかなく、本当にこの子が自らの足で立って、歩いて生きていけるのだろうかと不安になった。あの時の気持ちを、幸雄は今でも昨日のことのように思い出すことが出来る。

「てかさ、俺はゴミをどうしろって言ってるんじゃないの。むしろ、ゴミとかもういいし。その後の、こいつの態度がどうなんだよって話」

狭い廊下に、甲高い苛つきの滲んだ声が響き渡る。頭を垂れてそれを聞きながら、幸雄はなおも深く、腰を折り曲げた。

「本当に、申し訳ありませんでした」

それからゆっくりと頭を上げ、相手の目を見つめる。尾上、と書かれた社員証をぶらさげた若い男性社員は、「いや、だから……」とたじろいだように目線を泳がせた。

「……あなたに頭下げられたって、仕方ないんですって。これじゃあ、俺が頭おかしいみたいじゃないですか」

おそらく普段は、年功を重んじる礼儀正しい性格なのだろう。元気で威勢が良く、上司に好かれるタイプだ。その証拠に、年上の自分が頭を下げるとあからさまに勢いをなくしてしまった。しかし、だからこそ自分より年下である栄太の態度には、物申さずにはいられなかったのかもしれない。

ちらりと横を見遣る。相も変わらず上着はだらんと外に飛び出している、と思いきや、今日は注意する前にズボンの中に突っ込んでいた。できるじゃないか、と状況を忘れて声を上げそうになり、慌てて視線を送るにとどめた。幸雄のすぐ隣には、顔色ひとつ変えず焦点の定まらない瞳で宙を見つめている栄太の姿があった。

今日は、朝イチで栄太に建物内のゴミ回収を指示していた。元々は幸雄とペアで回っていた仕事だが、そろそろ大丈夫だろうと一人で任せた。そこまでは、問題なかったはずだ。

しかし、次の作業に必要な脚立を忘れたことに気づき、更衣室に戻ったところで内線が鳴った。相手は、自分と入れ替わりに更衣室を出て行った永井さんからで、栄太と吉丸の社員が揉めている、という。

急いで現場に駆けつけ、事情を聞いてみると、あらましはこうだった。尾上が出勤して早々シュレッダー機を使おうとすると、ダストボックスが満杯で使えない。丁度栄太が通りかかったので、中の紙屑を持って行ってもらおうと声を掛けたところ、それを拒否された。

どういうことだと聞いてみても、石像のように黙り込んで、うんともすんとも言わない。何より、目を合わせようともしない。一言詫びの言葉があってもいいのではないか。

当の尾上は、次第に冷静さを取り戻しつつあるようだった。その目には、今なお謝罪の言葉を口にしようとしない栄太に対しての苛つきはもちろんのこと、恐怖がちらついているようにも見える。

始業時刻を控え、フロアには続々と社員が姿を現し始めていた。全員何事だという顔をして、事の成り行きを見守っている。

さて、どう説明しようか。

頭の中であれこれシミュレーションを行っていると、ふいに背後から、「どうした?」と声を掛けられた。振り返ると、そこにいたのはこのフロアのボス――営業課長、岸慎太郎だった。

「何、どうかしたの」

黙り込んだ尾上に代わって、幸雄が手短に経緯を説明する。岸はすぐに、おおまかな状況を把握してくれたようだった。しばらくして、おい、ちょっと、と尾上を手招きする。

「お前、先週送った俺のメール見た?」

尾上は少しの間を置いた後、探るような口調で、メールって、と岸の言葉を繰り返した。

「今月から、リサイクルに回すものは社員が倉庫に運ぶってルールになったろう。普通ゴミと古紙回収の事業者に回すやつと、分けたいから。シュレッダーも同じ」

「え」

「だからさ、それ、お前が倉庫に持ってってってくれる?」

そう言って、紙屑の入ったゴミ袋を指す。そこまで聞いてようやく、己のミスに気づいたらしい。尾上が、みるみる内に顔を赤くしていくのがわかった。ゴミ袋を引っつかみ、下を向いたまま逃げるようにこの場を去ろうとした後ろ姿に向かって、岸は「後さ」と呼び止めた。

「なんか一言あるだろ。須藤のみなさんに」

その声に、尾上は思わずと言った調子で、でも、と振り返った。そして、「いや、まあ」とか「なんていうか」とか、もごもごと唇を動かしている。

「……その、俺が悪いのはわかってますけど。でもこいつ、いや、この人がちゃんと説明してくれてたら、俺だって――」

岸は尾上の言葉が尽きるのを待ってから、ゆっくりと口を開いた。

「それは俺に言ったって仕方ないだろ。それに、外から聞こえた限りで言えば、お前の方こそ『ちゃんと説明を求めた』ようには思えなかったけど。さっきみたいに人を怒鳴り付けて、一方的に恫喝することがお前の中の『ちゃんと』なわけ？　それ、うちの奴らに対しても同じようにできる？」

そう言って岸はこちらを振り返り、勘違いで申し訳ない、と腰を折った。すると、慌てたように尾上もそれに続く。幸雄も、いえ、こちらこそ説明が足りなかった、と改めて詫びを入れた。

少しして、尾上が、あ、と小さく息を吸い込んだのがわかった。首を動かすと、栄太が不格好な姿勢で腰を折り、申し訳ありませんでした、と口を動かすのが見えた。

「さっきは、すみませんでした」

営業課の部屋を出て、なかなか来ないエレベーターを待っていると、岸に呼び止められた。

丁度、チン、と音がして、エレベーターの扉が開いた。先に戻っててくれ、と目で促すと、栄太は素直に従い、エレベーターの中へと姿を消した。扉が閉まったのを確認してから、岸は改めて幸雄に向かって頭を下げた。

「うちの社員が、ご迷惑お掛けしました。不快に思われたでしょう」

その言葉に、いやいや、と手を振る。

「尾上さんが怒るのも、無理もない話です。色々と誤解されやすい、というか、見ての通りああいう奴なので。しかし、顧客である会社の社員さんにとるような態度じゃなかった。指導不足で申し訳ない」

岸とはこれまで、長い付き合いになる。業務を行う上で吉丸側に確認が必要な時は、何かと頼ってきた。岸の対応は誠実で、いつも回答は明確だった。自分にとってはいちばん信頼のおける仕事相手だ。

「今月で、お辞めになるって聞いたんですが」

その言葉に顔を上げると、岸は、「立ち入ったことを聞いてすみません」と恐縮したように目を伏せた。いや、事実ですので、とわざと明るくそれに答える。

「そうなんです。その、色々と事情が重なって。十分働かせてもらいましたし、ここらで少し休もうかな、と」

そうですか、と呟いた岸の表情は、心なしか曇っている。多くの決裁権を握っているであろうこの男が、社間の契約を打ち切るという今回の動きに無関係ということはないだろう。何かしら、思うところがあるのかもしれない。

しかし、岸個人に対してそれを深く追及しようとは思わなかった。清掃員という職業柄、こちらの社員を雑用係のように扱う社員も多い中で、岸は決してそういった態度は取ろうとしなかった。

「そうですか。……あの、実は私も近々異動することになりまして」

思わぬ告白だった。

「それで一言ご挨拶を、と思いまして」

そう言って岸は姿勢を正し、もう一度頭を下げた。

「長い間、お世話になりました」

「いえいえ、こちらこそ。あの、この後はどちらへ？」

差支えなければなんですが、と付け加えると、特に躊躇うような素振りも見せず、私事なんですけど、と前置きをしてから、岸が口を開いた。

「父が施設に入所してまして、今より便の良いところに引っ越そうかと。丁度本社で新たにプロジェクトを立ち上げるということだったので、会社とも相談してそこに。このところ色々あって、新しいことに挑戦したいなっていう気持ちもありまして」

ここまで話してくれるのも、自分が退職を控えた人間で、今後この会社に関わることがないとわかっているからなんだろうな、と思った。それが、少しさびしい。

「……それは、良かった」

心からの気持ちだった。

「立科さんは、いかがなさるんですか」

当然のように聞かれて、言葉に詰まる。退職後の人生など、考えたことがなかった。普通は旅行だとか、他の趣味だとか、考えているものなのだろうか。しかし、見知らぬ街を歩いている自分も、何かスポーツに打ち込む自分も、うまく想像できない。

黙り込んだ幸雄に、岸はそれ以上問い詰めるようなことはしてこなかった。ゆっくり考えてみるのもいいですよね、と励ますように言われた直後、岸の肩越しに営業課の扉が開くのが見えた。

「課長、こんなところにいたんですか」

中から飛び出して来たのは、岸の部下と思われる女性社員だった。

「内野課長からの内線です。なんかまた、ヘルプっぽいんですけど」

うんざりしたような部下の声とは裏腹に、オーケー今行く、と気持ち良く答えて、岸はくるりと踵を返した。去り際、すみません、と小さく手刀を切って、颯爽と駆け出して行く。その後ろ姿を見送りながら、先程の問いかけに自分がどう答えればよかったのかを、幸雄はしばらくの間考え続けた。

それから更衣室に戻り、いくつかの業務をこなした後、幸雄は栄太を伴ってお昼休憩に出た。栄太を食事に誘うのは初めてで、多少不安もあったが、案外すんなり誘いに応じてくれた。彼なりに、さっきの出来事を気にしているのかもしれない。

目的の店は、駅近ではあるものの、チェーン店の立ち並ぶ区画からは少し離れた場所にあった。さびれたビルが集まったその一角は、この地域に根付いた個人経営の食事処が多い。喫茶店やこぢんまりとした寿司屋、昔ながらの洋食店や、若い女性に人気だというスパゲッティ屋も確かこの辺りにあった。

幸雄が足を踏み入れたのは、不動産屋と空きテナントが連なるビルの一階に店を構えた、老舗の蕎麦屋だった。入り口の重い引き戸に手を掛ける。

「好き嫌いとか、あるか？　後、アレルギーとか」

戸を開ける直前、そう言って振り返った。栄太は一瞬固まり、珍しく幸雄の目を見返したかと思うと、視線を逸らして首を振った。

中に入ると大将が幸雄の姿を目に留め、いらっしゃい、と頭を下げた。お昼のピークを過ぎているせいか、店内は比較的空いており、常連らしきサラリーマンが一人と老夫婦以外に客はいない。角の四人席へと腰かける。おしぼりで手を拭い、栄太に、どうしようか、と水を向けてみる。

「何か食べたいものあるか？　なければ、いつものやつ頼んじゃうけど」

特に反応を見せなかったので、そのままざるそばを注文する。天婦羅のひとつでも付けてやりたいところだが、何分好みがわからないので止めておいた。

その間、栄太はメニュー表に手を伸ばすでもなく、膝の上に拳を置いたまま、黙って椅子に座っていた。

すぐに蕎麦は届いた。幸雄が蕎麦を啜り始めたのを見て、栄太もまた、箸を取った。

「……ここ、量多いから。無理に全部食べなくても良いからな」

返事はなかったが、小さく頷いたように見えた。しかし、その心配は無用だったようだ。器用に蕎麦を手繰り寄せては、次々喉に流し込んでいく。そうは見えなかったが、相当お腹が減っていたらしい。

栄太が幸雄の視線に気づき、手を止めた。何かに怯えているかのように肩を縮め、箸を置いてしまう。自分が食事する様を見咎められている、と思ったようだ。慌てて、いや違うんだ、と咳払いする。

「良い食べっぷりだなと思って。後、あれだな。箸の持ち方がきれいだな、若いのに」

すると栄太は、驚いたように目を見開き、すぐに俯いてしまった。少し待ってみると、これまた小さな声で、「父親がそういうの、うるさかったから」と返した。その言葉に、食事中も礼儀作法についていて、とやかく口を挟んでこようとする社長の姿が目に浮かび、思わず笑ってしまう。

「ああ、確かに。親父さん、そういうとこあるよな」

でもその割に、自分は口にもの詰め込んだまま喋るんだよなあ。わざと小声で、ひそひそ話でもするみたいに言ってみる。

「これ、親父さんには内緒な。色々と付き合いがあるから」

そう言って、箸を持ったまま唇に人差し指を当てる。すると栄太が、まるでくしゃみをする直前のような顔をして、それから、は、と鼻から息を漏らしてみせた。それが、出会ってから初めて見た、栄太の笑い方なんだと少しして気づいた。

「……あの。さっきは、すみませんでした」

今までより少しだけ大きな声で、栄太が呟いた。と言っても、虫の羽音が小鳥の囀《さえず》りに変わったぐらいの声量だったが。しかしまさか、自分から切り出してくるとは思わなかった。

「ああ、いや。ああいう時に前に出るのは、上司の役目だから」

言いながら、少し格好つけてしまったな、と思う。

「まあでも、もうちょっとあれだな。自分の気持ちとか、相手に伝えられるようになったら良いなとは、思うけど。仕事だと、コミュニケーションも必要だから」

するると、栄太が珍しく、嚙み付くように言葉を発した。

「コミュニケーションって、何すか」

え、と聞き返す間もなく、栄太は堰《せき》を切ったように話し始めた。

「父親も、よく言いますけど。お前とはコミュニケーションが取れないって。でも俺からしたら、何それって感じだし。あなたは取れてるんですか周りと、っていう。てか、コミュニケーション取る、取らない以前に、気に食わないことあったら手を出すみたいな、その性格をどうにかしてくださいよって感じだし」

ぼそぼそと、地を這うような声で一息に話すと、喋ることに慣れていないのか、いきなり咳き込み始めた。コップの水を差し出す。栄太はむんずとそれを受け取り、一気に飲み干した。

落ち着くのを待ってから、殴られたりするのか、と聞いてみると、栄太はあえてそうしているのか乾いたような声音で、たまに、と答えた。

「まあでも、最近はそれもなくなりましたけど。もう無駄だって思ってるんじゃないんですか。俺とその、コミュニケーション、とかいうのを取ろうとしても」

栄太はそこまで言うと、再び口を噤んだ。かと思うと、乱暴な仕草で箸を摑み、再び蕎麦を啜ろうとする。水分の飛んだ蕎麦が互いにくっつき合い、ごそりと絡みついてきた。

親父さんも、君をもっとわかりたいんじゃないかな。

今俺に言ったみたいなことを、腹を割って話してみればいいのに。

いくつかの台詞が喉まで出かかり、必死で飲み込んだ。下手に父親を庇うようなことを言えば、きっと栄太の心は閉じてしまうだろう。ましてや親子なんて、当人同士ですら何が正しいのかはわからないのだから。

「……俺も、コミュニケーションがなんなのかはよくわからないけど」

そう言うと、栄太が蕎麦の塊と格闘するのを一時中断し、顔を上げた。

「少なくともここでは、似たようなことができてるんじゃないかな」

それなりに、覚悟を持って言ったつもりだった。しかし、これといって栄太の表情は変わらない。ひどく散漫な、ぼんやりとした顔をしている。

二十代も半ばという彼の年齢にはそぐわない幼さの残ったその顔に、幸雄は和幸のことを思い出していた。もう二度と会うことはない、今は亡き自分の息子の姿を。

和幸のことを思い返す時、最初に頭に浮かぶのは、こちらを見つめる目だ。自分と同じ少し離れた両目に、登美子の遺伝子を引き継いでか、薄茶がかった黒目が浮かんでいる。それがいつも少しだけ不安気に揺らぎながら、でもしっかりと、幸雄をとらえていた。

その頃幸雄は、経営状態を悪化させていた会社のために日々奔走していた。営業先の施設やマンションへの定期的な訪問、工事現場の視察、細々とした書類整理に加えて部下の指導や契約会社の接待など、役職者へと昇進していた幸雄の毎日は多忙を極めた。

帰宅が午前零時を回ることもざらだったし、帰宅できればまだマシな方で、現場に泊まり込みすることも、何日も同じ下着でシャワーすら浴びる暇もない、ということもあった。それでも家族を思えばこそ、幸雄は会社に骨を埋める覚悟で仕事に打ち込んだ。

それ以外に自分の身の置き場がわからなかっただけ、とも言える。結婚と同時に戸建てを購入し、小さいながら自分の城を得たばかりだった。実家は長兄が継いでおり、送金の必要もなくなった今、すでに帰る場所はない。

幸雄の勤める会社が、その頃急速に事業を拡大させていた須藤メンテナンスサービスの子会社になったのは、家を家とも思わないような生活を十年以上続けたある年のことだった。

結果として、会社は救われた。赤字経営から脱却するとともに、親会社の指導の下、勤務形態の見直しと福利厚生の整備がなされ、幸雄は久方ぶりに定時退社できる環境と生活を手に入れた。

しかし、家に帰った自分を待っていたのは、生まれたばかりの赤ん坊の息子ではなく、急に姿を現した「父親」に警戒心を露わにする、和幸という名の一人の人間だった。

その頃和幸は、多少甘えん坊なことを除けば、いわゆる普通の、ごくごく平均的な子どもに成長していた。体を動かすことが好きで、小学校に上がる頃にはサッカーに夢中になっていた。自分の足で立てるのか、という幸雄の心配は杞憂に終わったことになる。

和幸は気を許した人間の前ではとても明るく、ひょうきんな振る舞いを見せる一方で、根っこのところでは内弁慶な一面も持ち合わせていた。身内以外には、ぱたりと心を閉ざしてしまうことがある。そして残念ながら、幼少期に忙しさにかまけ、コミュニケーションを怠っていた幸雄もまた、和幸にとっては「身内以外」に含まれるらしかった。

『でもこの子、どちらかと言えばあなた似よ。性格もだし、笑った顔なんて特にそう。当然じゃない、あなたの子供なんだから』

自分に懐こうとしない和幸にどう接すればよいかわからず、距離を置こうとする幸雄に登美子は繰り返しそんな言葉を口にした。しかし、幸雄にはそれが、自分への気遣いから登美子がおべんちゃらを口にしているようにしか聞こえなかった。

和幸はおよそ自分を父親とは見ていなかった、と思う。さっきまで母親相手に楽しくお喋りをしていたかと思うと、リビングに入って来た幸雄を見るや否や口を閉ざし、自分の部屋へと逃げ込んでしまう。

しかしそれも、当然といえば当然だった。息子を自分の手に抱いた経験は数えるほどしかなく、育児に参加した覚えもない。それどころか、幼稚園の行事に出向いたことも、休日をまともに家で過ごしたこともなかった。それを後になってから取り戻そうとしても、遅かったのだろう。

『じゃあ、あなたはこのままでいいって言うの？　和幸は待ってるのよ、ずっと。父親がその気持ちを汲んであげないで、どうするのよ』

登美子がそんな風に、幸雄を責めることもあった。その度に、俺達には俺達なりの関係があるから、とか、男親はまた違うんだ、とか、その場しのぎの言い訳を繰り返し、お茶を濁した。

登美子には悪いが、どこかで、こんなものだろうと思っている自分もいた。自分だって、小さな頃から父親を好いていたわけではない。子は親の背中を見て育つと言うが、案外自分もそうだったのかもしれない。自分が父親と聞いて真っ先に思い浮かべるのは、数少ない遊んでもらった記憶よりも、畑仕事に精を出す父親の後ろ姿だ。

仲良しこよしの友達親子とはいかないまでも、働く自分の背中を見て育ち、大人になってから、そういう生き方もあるんだと認めてくれれば良い。そう思っていた。自分が時折思い出す、葉タバコの臭い程度には。

しかし、実際はそうはならなかった。和幸が自分を認めてくれることも、自分の背中を見て育つことも、そして、大人になることも。正確には、できなかった。和幸は十歳の誕生日を迎えてすぐ、下校途中にハンドル操作を誤った運転手のトラックに轢かれ、事故でその命を落としてしまったからだ。

和幸の訃報を、幸雄は会社で受け取った。病院から電話を受けてなお仕事を続けようとする幸雄を、同僚達は動転しているんだと解釈し、デスクから引き剝がすようにして病院へと送り出してくれた。

決して、悲しまなかったとは言わない。心を通わせているとは言い切れなかったにしろ、自分の息子であることには間違いない。同じ屋根の下で過ごした家族だ。

しかし、通夜の場で涙を見せた和幸のクラスメイトほどに、錯乱した様子で棺に縋りつく登美子ほどに、自分が和幸の死を悲しめているのかは自信がなかった。

和幸の死に顔は、事故で亡くなったとは思えないくらい安らかなものだった。それこそ、緩やかに上向いた口角が笑顔に見えるほど。和幸の顔に浮かんだその笑みが、いつか登美子が言ってくれたように、自分に似ているのかはわからなかったが。

それから一ヶ月程経ったある日のこと。自宅のリビングで伸びた自分の爪を切っている時に、病院の安置所で和幸の遺体と対面した時のことを思い出した。和幸の服の袖から覗いた二の腕はいつのまにか、生後すぐガラス越しに目にしたそれとは違い、ふっくらと肉が付き、これからたくましさを備えていくのだろうと想像させる、少年の腕になっていた。

指の先に生えたまだ小さな爪は、自分と同じ平たい貝のような形をしていた。その時、幸雄は初めて心から息子の死を悲しいと思った。自分がそう思えたことに、心のどこかで少しだけほっとしていた。

正直に言えば今まで、同じ空間にいてもろくな会話も交わさず、遠くから自分を見つめているだけの自分の息子が少し怖かった。そして、それがずっと後ろめたかった。でも本当に怖かったのは和幸ではなく、あの薄茶色の瞳に映った、息子に怯える自分自身の姿だったのかもしれない、と今になって思う。

それから登美子と二人目の子どもを作ろう、とはならなかった。特に話し合ったわけではない。けれどなんとなく、自分と妻とではそれぞれ理由が違うのだろうな、と思う。登美子はおそらく、和幸の死が悲しすぎたのだ。そして自分はまったく逆の理由で、もう二度と子どもを持ちたくはなかった。しかし、その答え合わせをすることはできないまま、登美子は肺がんを患い数年前にこの世を去った。

『あなたは煙草、吸わなかったのにね』

これなら、一回くらい吸ってもらったって良かったのに。我慢させちゃってごめんね。病床で登美子がそう口にしたことがある。それを聞いても、上手く言葉が出てこなかった。結局、怒ったような声で、生まれ変わっても吸う気はない、とだけ返した。すると、

『そういう頑固なところ。和幸とあなた、そっくりよ』

登美子はそう言って、さみしそうに笑った。それが、夫婦で交わした最後の会話となった。


栄太とともに仕事をするようになり、三週間が過ぎようとしていた。栄太は少しずつ、しかし着実に、幸雄が教えた仕事を身につけていった。業務にも慣れ、床清掃やトイレ清掃、ゴミ回収といった作業の手順もこなれたものになりつつある。

一時はトラブルを起こした尾上とも、なんとか上手くやれているようだ。栄太は、遅刻をしなくなった。社会人としては、最低限のマナーなのかもしれない。けれどそれは栄太にとって、そして幸雄にとっても、大きな前進だった。

幸雄との会話は、今では随分スムーズなものになっている。幸雄から話しかけることがほとんどだが、聞かれたことには必ず答えようとするし、ごく稀にだが栄太から口を開くこともある。ただし、電話だけはいまだに苦手としていて、自分からは掛けられないようだ。


「立科さん、ですよね」

引き継ぎは順調に進み、幸雄の勤務日数も残すところ数日となった、ある日のこと。

急に声を掛けられ、振り返ると、そこに立っていたのは短く髪を切り揃えたスーツ姿の女性だった。

通勤途中と思われるサラリーマンが、やや迷惑そうに女性の背中と駅構内の柱の間をすり抜けていく。人の好さそうな女性は、誰に向かってか「すみません」と小声で呟き、それとなく場所を移動して、人通りの少ないスペースへと身を寄せた。

頼りないその笑顔が、一瞬そう遠くない記憶の中の誰かに重なりかけた。しかし、彼女の顔周りで揺れたショートカットの髪の毛が邪魔をして、上手く思い出せない。

「すみません、わからないですよね。制服じゃないし、私、髪切っちゃってるから……」

女性は鋏《はさみ》を模した二本の指を耳元近くでチョキチョキと動かしてみせた。その仕草に、朝晩の床清掃中、人気《ひとけ》のない事務室でデスクに向かい、思いつめた顔でパソコンのキーボードを叩いていた、ある女性の姿を思い出した。

「……中間さんですか」

半信半疑でその名前を口にすると、目の前の女性――中間優紀が、ぱっと顔を輝かせた。

「そうです、そうです」

優紀は元々、吉丸事務機株式会社の総務課に勤めていた女性だ。遅くまで一人で事務室に残っているのをよく見かけた。幸雄と顔を合わせる機会は多かったものの、こうして言葉を交わすのは一年ぶりだった。

「これは、これは。お久しぶりです」

「いえいえ。申し訳ないです、急に声を掛けてしまって……」

言っている途中で、優紀がどこか申し訳なさそうな顔をして口を噤んだ。気まずそうに、幸雄から視線を逸らす。

「あの、本当に。お元気そうで良かった」

そう口にすると、優紀は、あ、はい、と頷いた。

「ええと、今日は」

言いながら、優紀が身に着けた真新しいスーツに目を遣る。すると優紀は、少し間を置いてから、お恥ずかしいんですが、と口を開いた。

「あれからすぐ、次の仕事っていう風には考えられなくて。最近やっと、また働いてみようかなっていう気持ちになれたんです。実は、これから採用面接で」

今日は乗り換えで、久しぶりにこの駅を使ったんですけど。そう言って、懐かしそうな面持ちで駅を見回す。

「……そうですか。あの、軽々しいことは言えませんが、その、頑張ってください」

そう声を掛けると、優紀はどうしてか、頬を叩かれたような顔で幸雄を見つめた。何かまずいことを言ってしまっただろうか。あの、と口を開きかけたところで、覚悟を決めたように、優紀がぺこりと頭を下げた。

「申し訳ありませんでした。色々とお世話になったのに、あんな」

優紀が会社を辞めたのは、去年の春のことだ。詳しい事情は幸雄のあずかり知るところではないが、退職のタイミングや漏れ聞く噂の内容からして、あまり良い辞め方ではなかったのだろう。その頃に一度、優紀から声をかけられたことがある。確かあの時初めて、名前を聞いてくれたのだ。

「……お世話になったのは、こちらの方ですから。いつも、丁寧に接してくださってありがとうございました」

ようやく顔を上げたものの、優紀はまだ何か言いたげだった。しかし、わざとそれを無視する。

「毎日、たかだか数分顔を合わせていた清掃員の名前を覚えてくださっていただけで、私は嬉しかった。本当に嬉しかったんです」

そう言って、今度は幸雄から目を伏せる。退職間近のあのタイミングで社長の誘いに応じたのは、今後社会で身の置き場を無くし、名もなき老人となっていくのに、もう少しだけ猶予が欲しいと思ったからだ。

しかし、組織に所属はしていても○○社の○○部○○課次長、という肩書きを失った自分は、驚くほど頼りなく、足元のおぼつかないものだった。一度肩書きを失えば、名前を呼ばれることも一人の人間として扱われることも極端に少なくなり、そんな自分に対して、時折謂れのない侮蔑や憐れみの視線を感じることもあった。

おそらくその視線を向けているのは、他でもない、かつての自分自身だ。わかってはいても、四十年以上ひとつの会社で勤め上げた自分の人生の締めくくりを飾るのがこれか、と思うと、虚しくなった。

だからとりわけ、名前を呼んでもらえると嬉しかった。自分が一人の人間として、失いかけていたものを取り戻したような気持ちになった。

自分にとって、会社とはそういう場所だったのだ。自分が何者かになれる場所。誰かに、何者かを問われる場所。もしかしたら自分が気づいていないだけで、今も近くに「誰か」はいるのかもしれない。自分を、立科幸雄という名前の人間だと知っている誰かが。

不思議そうな顔で自分を見つめる優紀に、惜別の気持ちを込めて手を差し出す。すると、優紀は笑顔でそれを握り返してくれた。そしてゆっくりと、手を離す。

「じゃあまた」

おそらくは果たされることのない約束を口にして、行きかう人波を縫って進んで行く。その背中が完全に見えなくなったのを確認してから、幸雄も再び歩き始めた。

「今日は、好きなものを頼んでいいぞ」

そう言うと、栄太は戸惑ったように幸雄を見返した。場所は、今ではすっかり二人の行きつけとなった例の蕎麦屋だ。幸雄の最終出勤日はすでに、明日に迫っている。

「……あの、いつもの」

ようやくそう口にした栄太に、そうじゃなくて、と笑みを浮かべる。

「なんでもいいんだ、自分が食べたいものなら。鴨南蛮でも、天婦羅でも。茄子とかふきのとう、はちょっと渋すぎるか。ああほら、海老天はどうかな。ここの海老、揚げ立てが特に美味くて」

すると栄太は初めて、ぶるぶると大きく首を振った。少し大げさにも思えるその動きに、メニュー表に伸ばしかけた手が思わず止まる。

栄太が、そわそわと辺りを見回し始めた。助けに入ってくれる誰かを探しているかのように。しかし残念ながら、今日店にいるのは幸雄と栄太、後は調理場の大将だけだ。

「……昨日、親父さんから電話があったよ」

言い終わるか終わらないかの内に、ほんのわずかばかりではあるが、栄太の顔が強張るのがわかった。二人の間で、社長の——栄太の父親の話が出たことは、あれ以来一度もなかった。

「親父さん褒めてたぞ、君のこと。今回、随分頑張ってるって」

その言葉には、本当は少しばかり誇張があった。

「今まで随分遠回りしたけど、ようやく自分に合った仕事を見つけたんじゃないかって。喜んでた」

喜んでいた、というのは本当だ。しかし、褒めていた、と言ってしまっていいのかはわからない。

『よく続いてるよな、今回は。ほっとしたよ、やっとまともな仕事に就いてくれて。無理言って面接に捩じ込んだ甲斐があった。あいつもいつか、俺の苦労をわかってくれるといいんだけどなあ』

もしかしたら、少しばかりズレがあるのかもしれない。社長が求めているものと、栄太が求めているものと。しかし、何年も引きこもっていた息子がようやく自分の部屋を出て、社会に身の置き場を見つけたことを喜ばない親はいない、と思う。それを、栄太に伝えたかった。

「明日で一ヶ月だもんな、君がここに来て。そのお祝いなんだ、今日は。前祝いみたいなもんかな。その年になると、こういう所に親父さんと二人きりなんて、なかなかないだろう。だから、良かったらその内——」

幸雄の台詞は、途中まで黙って耳を傾けていた栄太の、絞り出すような一言にかき消されてしまった。

「嘘だ」

否定や慰めの言葉が入る余地なんてまったくない、そんな声だった。

「嘘だ、あの人が俺を褒めるなんて。有り得ない」

そんなことはない、と反論しようとした幸雄の言葉を遮り、栄太は、「有り得ないんだ」と声を荒らげた。それが、これまでに聞いたどんな声よりも大きく、明瞭で、揺るぎない栄太の意思を伝えていた。

栄太はそれから、何度も何度も「有り得ない」と繰り返した。幸雄に、あるいは自分自身に言い聞かせるように。

「……あの時も、そうだったから」

長い沈黙の末、少しだけトーンを落としたその声に思わず顔を上げると、栄太は何を訴えるでもない虚ろな瞳で、テーブルの木目をじっと見つめていた。

「高校の合格祝いで、中華料理屋に連れて行かれて。食べたいものはあるかって聞かれて迷ってたら、お前は自分の好きなものも言えないのかって。こんなでっかい蟹の炒め物、勝手に頼まれた。食べずにいたら、俺が頼んだものを食えないのかって、殴られて」

続けて、「甲殻アレルギーがあるんです、俺」と呟いた。その言葉に、初めてこの蕎麦屋に入る直前、栄太が見せた表情が頭に蘇る。

「でもそんなの、言ったってわかんないんですよ。根性がないとか、我慢が足りないとか、そういうこと言われるだけで。俺の体どうこうより、せっかく自分が選んだ食べ物を、っていう、あの人にとってはそれの方が大事なんです」

すでに消え入るような声、ではなかった。それは幸雄の耳には、栄太の絶叫のようにも聞こえた。

「……そういうことが、今までに何回も何回も、数えきれない回数あって」

でも、と栄太が小さく首を振る。自分の中に生まれたいくつかの反論を、柔らかに否定するような動きだった。

「あの人には、関係のないことなんです。俺がいじめにあったことも、学校に行かなくなったことも、部屋に引きこもってることも、仕事が続かないことも、全部自分には関係のない、出来の悪い息子のしたことだから」

そこまで言うと、再び口を噤んだ。さっきよりも、ずっと長い沈黙が訪れる。

「これでも、褒めてた、なんて言えます？」

嘘でしょ、とそう言って、栄太は笑った。例の、くしゃみをしかけて鼻から出したみたいな、乾いた笑いだった。

「……今の、それ。親父さんに、話したことは」

栄太は、まだわからないかな、と言うように、わずかばかりの憐憫をたたえた、呆れたような表情で幸雄を見据えた。そしてきっぱりと、言い切った。

「だから、言ったってわかんないんですって。コミュニケーション、でしたっけ？　取れてないんですから、うち」


結局その日は、いつものざるそばをふたつ頼んで、遅い昼食を終えた。いつもはぺろりと完食していたのに、栄太はほとんど箸をつけようとはしなかった。自分の分を無理に胃に押し込んだ幸雄は、胸やけで途中から水を飲むことすらできなくなった。

ひどく重苦しい空気のまま、店を出て会社に戻った。それぞれの業務に入る直前、幸雄は意を決して栄太に声を掛けた。

「わかってやって欲しい、親父さんのこと。今は無理かもしれないけど。今すぐじゃなくてもいい、もっと大人になってからでもいいから。いつかきっと、君にもわかる日が来ると思うから」

どうしてだろう。懇願するような口調でそう言った瞬間、栄太と自分を繋いでいた細い糸が、ぷつりと音を立てて切れてしまったような気持ちになった。

栄太の心に確かにあった、わずかばかりの信頼や、期待や、あるいはそれらに繋がる可能性のようなもの。自分はそれを、自らの足で踏みつぶしてしまったのかもしれない。

栄太はその瞬間、いつものように表情も変えず、俯いて自分の足元を見つめていた。いつもと変わらない、いつも通りのはずの栄太の反応がどうしてか、二人の関係が変わってしまったことを、これ以上ないほど明らかな形で証明しているように思えた。

間違えたのだ。

そう思った。自分は決定的に、間違えた。選んだ言葉も、行動も。しかし、もう後戻りはできない。幸雄が須藤メンテナンスサービスを去る日が、何者でもなくなるその日が、もうすぐそこまで来ていた。

幸雄の最終出勤日であるその日、いくら待っても栄太は職場には現れなかった。昨日のやり取りから、密かに予想していたことでもあった。少しずつ、それでも確かに積み上げたと思っていたものは全て幻で、あっという間に消えてなくなった。

昨日の夜、社長から一本連絡が入った。栄太と何かあったか、と言う。会社から戻った栄太が、父親とひと悶着起こしたことは明らかだった。社長自身そう口にしながらも、自分が納得するような答えを聞けることは期待していない様子だった。だから幸雄も、今回のあらましについて詳細を語るのは控えた。

『辞めるの一点張りで、聞かないんだ。俺はもうわからん、あいつのことは』

電話越しに、どこか自暴自棄な声で呟いた社長は、今までの付き合いでも聞いたことのないほど、憔悴しきった口調だった。最後だから世話になった人に花くらい頼めって言ったんだけど。社長は幸雄に向かって、ひどく申し訳なさそうに、そう告げた。

失礼だとは思いつつも、笑ってしまった。花屋に電話なんて、出来るはずがない。あんたの息子は、五時間遅刻しても電話の一本も寄越さなかった奴だぞ。社長にそう教えてやりたかった。

後任は、また改めて考えるという。丁重に今までの礼を伝え電話を切ろうとすると、最後に社長は、今までご苦労だった、落ち着いたら飲みに行こう、と労いの言葉を口にした。

最後の出勤は、普段に比べて幾分せわしないものとなった。ここ一ヶ月、栄太と分担していた業務を、久しぶりに自分ひとりで行わなくてはならない。

いつも通りタイムカードを切ると、各フロアを回ってゴミを回収し、続けて床のモップ掛けをした。全ての階の男性トイレを回ったところで、社員が出勤し始める。そのタイミングで清掃用具を片づけて、更衣室へと戻った。

すると丁度、永井さんが最後の挨拶にと顔を出してくれた。幸雄のために、ちょっとした茶菓子を用意してくれていた。礼を言い、それを受け取る。

残念ながら岸や、総務課の内野課長と顔を合わせることはできなかった。昼以降に顔を出してみて、タイミングが合えば最後に挨拶をしよう。更衣室で今までの書類と自分の荷物整理を行いながら、これでここともおさらばか、とぐるりと周囲を見回した。

畳を敷き詰めただけの簡素な床、壁に立て掛けられた脚立と小さな金庫。塗装のはげたちゃぶ台に、いつからあるかもわからない急須と湯呑み茶碗のセット。見飽きたと思っていたはずの光景が、少しだけ惜しいもののように思えてくる。

ふと時計を見ると、いつもなら栄太とともにお昼休憩に入っている時間だった。一旦出るか、と腰を上げたところで、例の鋭い痛みが下半身を襲った。声も出せずに膝を抱えて畳に転がる。痛みが痺れに変わり、それが引いていくのを感じながら、どこか懐かしい気持ちになった。ここ最近は、この膝の痛みも落ち着いたと思っていたのに。

そこで、はたと気づいた。違う。決して痛みが落ち着いたわけではない。むしろ膝の調子は悪くなっていたはずだ。なのに、このところそれを意識することはなかった。どうしてか？　他でもない、栄太の協力があったからだ。

最初に教えたことをそのまま踏襲する形で、栄太はトイレ清掃の時は決まって水を溜めたバケツを用意してくれた。自分の代わりに。そのおかげで、今まで負担に思っていたような体の動きは、ここ一ヶ月ほとんど行うことがなかった。

彼は彼なりに、誠実に業務に取り組んでいた。トイレだけじゃない。ゴミの回収にしても、床の清掃にしても、幸雄の体の負担になりそうな作業を、いつも先回りしてやってくれた。それは嘘ではない。嘘ではなかったのだ。

その瞬間、昨日栄太に投げかけた言葉をふいに思い出した。

『わかってやって欲しい、親父さんのこと。今は無理かもしれないけど。今すぐじゃなくてもいい、もっと大人になってからでもいいから。いつかきっと、君にもわかる日が来ると思うから』

あれは、昔自分が和幸に言いたかった台詞だった。わかって欲しい、わかって欲しい、わかって欲しい。自分が父親として上手く振る舞えないこと、和幸の愛情を信じ切れなかったこと。わかって欲しい、は多分、許して欲しい、の同義語だった。

けれど、と思う。

ならば自分は一度でも、相手をわかろうと思ったことがあっただろうか。息子が息子として上手く振る舞えなかったことを、和幸が自分に愛情を投げかけていたことをわかろうと、いや、わかりたいと思ったことが、たった一度でも。

ピロロロロロロロ。

突如その場に響き渡った電子音に、びくりとして顔を上げる。音を鳴らしていたのは、部屋に備え付けられた電話機だった。反射的に、先程挨拶を交わしたばかりの永井さんの顔が浮かんだ。何かあったのだろうか。そう思いかけたところで、違和感に気づいた。それが、普段決して鳴らないはずの外線電話の音だったから。

痺れの残る下半身を引きずり、必死で電話機に手を伸ばす。どうか間に合ってくれと願いながら。チカチカと光る赤いランプは、受話器を取り上げた瞬間点滅を止めた。

恐る恐る、受話器に耳を近付ける。すると、空気の流れのような、誰かの呼吸のようなくぐもった音がわずかに鼓膜を震わせた。

「……栄太君、か？」

返答は、なかった。それでも、一度光った赤いランプはまだ光り続けていた。大丈夫だ、と言い聞かせる。栄太を信じろ。いつだって栄太は、自分の声に応えてくれた。それは本当だ。それだけは、嘘じゃない。

幸雄は汗で滑る受話器を強く強く握り締め、じきにその向こうから聞こえてくるだろう、虫の羽音よりも小さな声に、耳を傾け続けた。

本書は二〇一八年五月に小社より刊行した『仕事は2番』を改題し、
加筆修正を行ったものです。

双葉文庫

こ-32-01

明日《あした》も会社《かいしゃ》にいかなくちゃ

2023年9月16日　第1刷発行

【著者】

こざわたまこ

【発行者】
箕浦克史
【発行所】
株式会社双葉社
〒162-8540 東京都新宿区東五軒町3番28号
［電話］03-5261-4818(営業部)　03-5261-4831(編集部)
www.futabasha.co.jp（双葉社の書籍・コミックが買えます）
【印刷所】
大日本印刷株式会社
【製本所】
大日本印刷株式会社
【カバー印刷】
株式会社久栄社
【DTP】
株式会社ビーワークス

【フォーマット・デザイン】
日下潤一

ISBN978-4-575-52692-9 C0193
Printed in Japan

双葉文庫　好評既刊

俺達の日常にはバッセンが足りない

三羽省吾

皆で盛り上がったり憂さを晴らしたり、〝なくてもいいけどあった方が良い〟バッセンの建設を巡る、悩み、もがき、あがいて生きている人間たちの群像劇。

双葉文庫　好評既刊

レトロ喫茶おおどけい

内山純

絶品喫茶メニューと大時計がつなぐ過去が、生きづらさを感じるお客さんたちに前を向く力をくれる。懐かしくてほっとできる、五つのあたたかな物語。

双葉文庫　好評既刊

じい散歩

藤野千夜

夫婦あわせて、もうすぐ180歳。中年となった3人の息子たちは、全員独身。いろいろあるけど「家族」である日々は続いてゆく。飄々としたユーモアと温かさがじんわりと胸に沁みる現代家族小説。